Jacopo Ortis.

Paris 1814.

LE PROSCRIT.

DE L'IMPRIMERIE DE PILLET.

LE PROSCRIT,

OU

LETTRES

DE JACOPO ORTIS,

TRADUITES DE L'ITALIEN SUR LA 2ᵉ ÉDITION,

PAR M. DE S***.

Natura clamat ab ipso vox
tumulo.

TOME PREMIER.

—

PARIS,

CHEZ PILLET, IMPRIMEUR-LIBRAIRE,

RUE CHRISTINE, Nᵒ 5.

—

1814.

AVERTISSEMENT

DU TRADUCTEUR.

—

Est-ce un roman? est-ce une histoire? Voilà sans doute une question que fera le lecteur en commençant cet ouvrage, et qu'il répétera peut-être en le terminant. Naturellement c'était à l'Editeur de répondre; mais, parce qu'il n'a pas cru devoir le faire, s'ensuit-il qu'il appartienne au Traducteur de trancher la difficulté? Qu'importe après tout d'éclaircir un

doute qui n'ôte rien au mérite,
quel qu'il soit, de cette produc-
tion? Si l'on y trouve de l'intérêt, si les détails paraissent
simples et naturels, si la marche est rapide et piquante, si le
style ne manque ni d'élégance
ni de pureté, l'ennemi le plus
déclaré des romans regrettera-
t-il, en supposant que ces lettres
en soient un, de leur avoir sacri-
fié quelques momens de loisir?
Si, au contraire, elles sont dé-
pourvues de tous ces avantages,
la certitude que Jacopo Ortis
a réellement existé, suffirait-
elle à leur succès? Le nom de
cet infortuné n'est point envi-
ronné d'assez d'éclat pour ba-

lancer le défaut d'intérêt et de charme. Il faut des titres puissans à la considération des hommes pour user du droit de les ennuyer par le récit de ses malheurs. Que ceux d'Ortis excitent quelque pitié, fassent couler quelques larmes, et probablement l'Editeur de ses lettres n'aura point à se reprocher de n'avoir pas dissipé tous les doutes qui peuvent s'élever sur l'existence de leur auteur.

Faut-il ajouter maintenant que cette traduction fut arrêtée par ordre supérieur, il y a quelques années, au moment de paraître? L'ouvrage original avait été lui-même en butte à de vio-

lentes persécutions en Italie;
l'autorité tyrannique qui gou-
vernait naguère encore, et dont
le joug funeste s'étendait jusqu'au-delà des Alpes, en fit
même alors saisir une seconde
édition avec éclat. Aujourd hui,
peut-être, une semblable persécution devient un avantage;
on ne saurait du moins s'em-
pêcher de rendre quelque justice à l'énergie d'un homme qui
osa, dans ces jours de servitude,
faire entendre des paroles de liberté, et signaler courageuse-
ment à la haine publique l'op-
presseur de sa patrie.

LE PROSCRIT,

OU

LETTRES

DE JACOPO ORTIS.

Des monts Euganéens, 11 octobre 1797.

C'EN est fait de notre patrie : tout est perdu ; et la vie, si toutefois on nous l'accorde, ne nous sera conservée que pour pleurer nos malheurs et notre infamie. Mon nom est sur la liste de proscription, je le sais : mais veux-tu que pour fuir des oppresseurs, je me livre à des traîtres ? Console ma mère : vaincu

par sa douleur, j'ai dû lui obéir;
j'ai quitté Venise pour éviter les
premières persécutions, qui sans
doute seront aussi les plus cruelles.
Mais faut-il m'éloigner de cette
antique solitude où, sans abandonner pour jamais ma malheureuse patrie, je puis espérer encore quelques jours de tranquillité?
Tu me fais frisonner, Lorenzo.....
Sommes-nous assez malheureux !
Italiens, nous trempons nos mains
dans le sang de nos frères.! Quoi
qu'il m'arrive ; il n'importe. Je
désespère de ma patrie ; de moi-
même, et j'attends avec calme la
prison et la mort. Mes restes ne
tomberont pas au moins en des
mains étrangères ; quelques gens
de bien, comme moi victimes de
nos discordes, donneront en secret des larmes à ma mémoire ;

et la terre de mes aïeux recou-
vrira ma dépouille.

———

13 octobre.

N'INSISTE pas davantage, Lorenzo, je t'en conjure ; j'ai résolu
de ne point m'éloigner de ces collines. J'avais promis à ma mère
de me réfugier dans quelque autre
pays, j'en conviens ; mais je ne
m'en sens plus le courage. Elle me
pardonnera, je l'espère. Des jours
voués au déshonneur et à l'exil,
valent-ils qu'on les conserve ? Que
de regrets ; que d'amertumes at-
tendent ceux de nos concitoyens
qui se sont éloignés de leurs foyers!..
Et pourquoi ?....... Que pouvons-
nous trouver loin d'eux, si ce n'est
l'indigence et le mépris, où tout

au plus , une faible et stérile compassion , unique secours que les
nations étrangères offrent au malheureux qui fuit sa patrie. Mais où
chercherai-je un asile ? En Italie ?
Cette terre infortunée n'est-elle
pas toujours le prix de la victoire ?
Pourrai-je voir devant mes yeux,
sans verser des larmes de rage, ceux
qui nous ont joués, dépouillés,
vendus ? Fléaux des peuples, ils se
servent de la liberté comme les
Papes se servaient des croisades.
Ah ! Désespérant d'assouvir ma
vengeance , j'enfoncerais plutôt
mille fois un poignard dans mon
cœur, et tout mon sang aurait coulé
avant d'entendre les derniers cris
de ma patrie expirante.

Et ces misérables ?... Ils ont payé
notre esclavage , en rachetant avec

de l'or, ce que leurs armes avilies n'ont pas su défendre. En vérité je ressemble à ces malheureux échappés à la mort et plongés tout vivans dans les entrailles de la terre ; ils reprennent leurs sens et se trouvent dans le tombeau au sein des ténèbres et de la mort. Certains de leur existence, mais forcés de renoncer pour jamais à la douce lumière du jour, ils meurent enfin au milieu des horreurs de la faim et du désespoir. Et pourquoi nous faire voir et goûter la liberté, puis nous l'arracher pour toujours.... et nous replonger dans l'infamie ?

————

16 octobre.

MAINTENANT il n'est plus question de rien ; la bourrasque semble apaisée ; si le danger reparaît, rassure-toi ; je tenterai tout pour sortir d'ici. Du reste je vis tranquille, tranquille !...... autant qu'il m'est possible de l'être. Je ne vois qui que ce soit ; je passe mon tems à errer dans la campagne. Mais à te dire vrai , mes tristes pensées me consument et me dévorent. Envoie-moi quelques livres.

Que fait Laurette ? Pauvre enfant ! Je l'ai laissée au désespoir. Belle et jeune encore , sa raison est égarée, et son cœur malheureux.... Oh! bien malheureux ! Je n'ai jamais ressenti d'amour pour elle ; mais elle m'avait choisi pour seul consolateur, et soit reconnaissance, soit compassion , j'avouerai que lorsqu'elle m'ouvrit son ame toute entière, lorsqu'elle versa dans mon

sein et ses erreurs et ses souffrances , je l'aurais prise volontiers
pour la compagne de ma vie. Le
sort ne l'a pas voulu ; peut-être
faut-il l'en bénir. Elle aimait Eugénio, et il est mort entre ses bras.
Son père et ses frères auront sans
doute été forcés de fuir leur patrie , et qui sait comment peut
exister cette malheureuse famille ,
privée de tout secours ! La douleur....... voilà ce qui lui reste. O
révolution ! Ce sont encore là de
tes victimes. Sais-tu , Lorenzo ,
qu'en t'écrivant je pleure comme
un enfant ? C'en est trop. Je n'ai
jamais eu affaire qu'à des scélérats ; et si par hasard j'ai rencon-
tré la vertu sur mon chemin , il
m'a toujours fallu lui donner des
larmes. Adieu , adieu.

18 octobre.

MICHEL m'a remis le Plutarque, et je t'en remercie. Il m'a dit que tu comptais m'envoyer quelqu'autre ouvrage par la première occasion ; maintenant c'est inutile. Avec le divin Plutarque je pourrai me consoler des crimes et des maux de l'humanité, en fixant mes yeux sur ce petit nombre d'hommes illustres qui survivent, comme l'élite du genre humain, à tant de nations et à tant de siècles. Je crains pourtant qu'en les dépouillant de la pompe de l'histoire et du respect qu'inspire l'antiquité, il ne me reste une pauvre idée des anciens, des modernes et de moi-même.... O misérable humanité !

23 octobre.

Si je puis jamais compter sur
quelque tranquillité, je l'ai trou-
vée, Lorenzo. Le curé, le médecin et tous les obscurs habitans
de ce coin de terre, jusqu'aux
moindres enfans, me connaissent
et me témoignent de l'amitié. Quoique je mène la vie d'un sauvage,
ils viennent tous m'entourer comme
s'ils voulaient apprivoiser un in-
domptable habitant des forêts.
Maintenant je les laisse faire. Véritablement je n'ai pas assez à me
louer des hommes pour donner
aussi promptement ma confiance.
Mais traîner la vie d'un tyran, qui
craint à chaque minute le poignard
de l'assassin, me paraît une lente
et cruelle agonie. A midi je m'as-

sieds avec eux sous la plantation
de l'église , et je leur lis la vie de
Lycurgue ou de Timoléon. Dimanche , tous les paysans s'étaient
pressés en foule autour de moi ; et
quoiqu'ils ne comprissent pas toujours ce que je leur lisais , ils n'en
demeuraient pas moins la bouche
béante , me prêtant la plus profonde attention. L'amour-propre
ne cherche-t-il pas à se faire illusion, en portant un œil curieux
sur l'histoire des tems passés , et ne
veut-il pas reculer les bornes de la
vie, en rattachant notre existence
à celle des hommes et des choses
qui ne sont plus ? L'imagination
aime à s'égarer à travers les siècles
et à jouir d'un autre univers. Avec
quel plaisir un vieux laboureur me
racontait ce matin l'histoire des ha-

bitans du village qui vivaient dans
son enfance ! Il me peignait les ra-
vages de l'ouragan qui dévasta ce
canton, il y a trente-sept ans ; les
années d'abondance, les années de
famine, s'interrompant à chaque
instant, reprenant son récit et
maudissant son défaut de mémoire.
C'est ainsi que je parviens à m'é-
tourdir sur les chagrins de ma vie.

M. T***, que tu as connu à Padoue, est venu me voir; il m'a dit
que vous parliez souvent de moi,
et qu'avant-hier encore tu t'en en-
tretenais dans une de tes lettres.
Il s'est aussi retiré à la campagne
pour éviter les premiers emporte-
mens du peuple, quoiqu'à dire le
vrai, il se soit peu mêlé des affaires
publiques. J'en avais entendu par-
ler comme d'un homme d'un es-

prit cultivé et d'une probité à toute
épreuve ; dons précieux autrefois,
mais qu'on ne possède pas impu-
nément aujourd'hui. Ses manières
sont gracieuses, sa physionomie
est ouverte, et son ame se peint
dans son langage. Il y avait avec lui
un certain personnage, auquel je le
soupçonne de destiner sa fille. Peut-
être est-ce un bon et honnête jeune
homme, mais en vérité sa figure
ne l'annonce pas. Bonne nuit.

———

24 octobre.

ENFIN je lui ai mis la main sur
le collet, à ce maudit petit paysan
qui dévastait notre jardin, brisant
et détruisant tout ce qu'il ne pouvait voler. J'étais sous la treille, lui
sur un pêcher dont il s'amusait à

casser les branches encore couvertes de feuilles, mais qui ne portaient
plus de fruits. A peine fut-il entre
mes mains qu'il commença à crier
miséricorde ! Il m'avoua qu'il faisait ce malheureux métier depuis
plusieurs semaines, parce que le
frère du jardinier avait, quelques
mois auparavant, dérobé un sac de
fèves à son père. « Et ton père t'ap-
prend à voler, lui dis-je ? — Sur
mon honneur, Monsieur, reprit-
il, ils en font tous autant. »

Je lui rendis la liberté, et tandis qu'il sautait lestement par dessus la haie, je m'écriai : Voilà la
société en miniature : *Ils en font
tous autant.*

26 octobre.

FILLE céleste ! je l'ai vue, Lorenzo, et je t'en rends grâces ; elle était assise, occupée à faire elle-même son portrait ; elle se leva en me saluant d'un air de connaissance, et commanda à un domestique d'aller prévenir son père. « Il ne vous attendait pas, me dit-elle ; il est dehors, mais il ne peut tarder à rentrer. » J'approchai ma chaise de la sienne. Une petite fille accourut se placer sur ses genoux, et lui dit à l'oreille quelque chose que je ne pus entendre. « C'est l'ami de Lorenzo, répondit Thérèse ; celui que papa a été voir avant-hier. » M. T*** arriva dans ce moment ; il m'accueillit avec cordialité, en me remerciant de mon souvenir. Cependant Thérèse prit sa petite sœur par la main et sortit avec elle.

« Voyez, me dit, M. T***, en me montrant ses filles qui sortaient de la chambre... Voilà tout mon bien. » Il prononça ces derniers mots de manière à me faire entendre combien, malgré tout ce qu'ils avaient souffert, ils étaient encore heureux. Nous causâmes long‑tems, et Thérèse revint au moment où je prenais congé. « Nous sommes voisins, me dit-elle, venez quelquefois passer la soirée avec nous. »

Je retournai chez moi le cœur rempli de joie. — O Lorenzo, la vue de la beauté suffirait-elle donc pour assoupir la douleur dans le cœur des hommes ! J'ai cru entrevoir une source de vie, unique certainement, et peut‑être... fatale. Mais qu'importe ? si mon ame est condamnée à d'éternels orages.

28 octobre.

TAIS-TOI, tais-toi.— Il y a des jours où je ne suis pas maître de moi : un démon m'agite, me brûle, me dévore. Peut-être ai-je trop bonne opinion de moi ; mais il me semble impossible que notre malheureuse patrie soit ainsi écrasée, tandis qu'il nous reste encore un souffle de vie. Se peut-il que nous passions nos jours dans des déchiremens perpétuels... Au surplus, ne m'en parle plus, je t'en conjure. En me racontant ainsi nos affreuses calamités, voudrais-tu me reprocher mon apathie? Et ne t'aperçois-tu pas que tu me fais souffrir mille affreux tourmens? Oh! si nous n'avions qu'un tyran, si les esclaves étaient moins stupides,

il suffirait de mon bras. Mais celui
qui m'accuse aujourd'hui de lâcheté, m'accuserait alors de scélé-
ratesse, et le sage même, au lieu de
rendre justice à mon courage, dé-
plorerait en moi la fureur d'un
insensé. Que veux-tu entreprendre
contre deux nations puissantes,
qui, divisées par des dissentions
éternelles, se réunissent seulement
pour nous asservir, et qui, lorsque
la force est insuffisante nous trom-
pent, l'une avec l'enthousiasme de
la liberté, l'autre avec le fanatisme
de la religion? Et nous, corrom-
pus par un antique esclavage, et
récemment par une licence effré-
née, nous gémissons dans les fers,
trahis et affamés, sans que la trahison ni la famine puissent nous
rendre le courage. — Ah! s'il était

*

possible, je réduirais en cendres
ma maison, tout ce qui m'est cher,
et moi - même plutôt que de laisser à ces tyrans un sujet de s'é-
norgueillir en contemplant leur
puissance et ma servitude! Et cependant ici vécurent des peuples
qui, pour éviter le joug des Ro-
mains spoliateurs du monde, li-
vrèrent aux flammes leurs murail-
les, leurs femmes, leurs enfans et
eux-mêmes, ensevelissant leur indépendance sacrée sous les cendres
de leur patrie.

———

1er novembre.

Je me trouve assez bien maintenant, à-peu-près comme un malade dont le sommeil suspend les
douleurs. Je passe les jours entiers

chez M. T***, qui me chérit comme
un fils. Je m'abandonne à cette
douce illusion, et je partage le bonheur de cette aimable famille. Si
pourtant ce prétendu n'était pas-
là, je crois qu'en vérité..... — Je
ne hais qui que ce soit au monde,
mais il y a certaines gens que j'ai-
merais tout autant voir bien loin.
— Son beau-père m'en faisait hier
au soir un éloge en forme de re-
commandation. *Il est bon, rangé,
patient :* N'est-il donc rien de
plus ? me suis-je dit tout bas ? Pos-
sédât-il toutes ces vertus dans une
perfection angélique, s'il devait toujours avoir ce cœur glacé, et cette
figure doctorale sur laquelle ne
brille jamais ni l'expression du plaisir ni le doux rayon de la pitié,
il ne serait jamais pour moi qu'un

de ces rosiers sans fleurs, qui font craindre les épines. — Au reste, Edouard sait la musique; il joue bien aux échecs; il mange, lit, dort, se promène, et tout cela au coup de l'horloge. D'ailleurs il ne s'échauffe jamais dans la conversation, si ce n'est pour vanter *sa riche et précieuse* bibliothèque. Mais quand il me répète d'un ton solennel, elle *est riche et précieuse*, je me sens toujours une démangeaison de lui donner un démenti bien conditionné. Si toutes les folies de l'esprit humain, écrites et publiées sous le nom de *sciences* et de *systèmes*, dans tous les siècles et chez toutes les nations, étaient réduites à un millier de volumes (1),

_____

(1) Montesquieu voulait réduire à un recueil

il me semble que l'orgueil des mortels aurait peu sujet de s'en plaindre... — Mais à quoi bon de sem-
blables dissertations?

Pour passer le tems j'ai entre-
pris l'éducation de la petite sœur
de Thérèse. Je lui apprends à lire
et à écrire. Quand elle est près de
moi, mon visage devient rayon-
nant, mon cœur nage dans la joie,
et je fais mille folies. Je ne sais
pourquoi tous les enfans me ché-
rissent ; et cette petite-fille est si
aimable ! avec ses cheveux blonds
et bouclés, ses yeux d'azur, ses
joues de roses, fraîches et pote-
lées, elle ressemble à une petite
grâce de quatre ans. Si tu la voyais

---

de douze pages tout ce qui valait la peine d'être
conservé.

accourir au-devant de moi , sauter
sur mes genoux , s'enfuir pour que
je la poursuive , me refuser un baiser, et fixer à l'improviste ses petites lèvres sur ma bouche ! Aujourd'hui j'étois grimpé sur un arbre pour cueillir des fruits ; la petite innocente me tendait les bras
et me disait en balbutiant : « Ne
» *vous laissez pas tomber, pour*
» *l'amour de Dieu.* »

Le bel automne ! Adieu Plutarque... Tu restes toujours fermé sous
mon bras. Depuis trois jours je
passe la matinée à remplir de rai-
sins et de pêches un panier que
je recouvre de feuilles , et puis j'arrive à la maison de Thérèse en suivant le bord du ruisseau , et j'é-
veille toute la famille en enton-
nant la chanson de la vendange.

12 novembre.

HIER était un jour de fête ; nous avons enlevé solennellement les pins du coteau voisin pour les planter sur l'éminence qui est en face de l'église. Mon père avait essayé de fertiliser ce monticule stérile, mais les cyprès qu'il y a plantés n'ont jamais pu prendre racine, et les pins sont encore tout petits. Avec l'aide de plusieurs laboureurs, j'ai couronné la voûte d'où l'eau jaillit au milieu de cinq peupliers, et j'ai ombragé la pente orientale par un bosquet touffu, que le soleil saluera de ses premiers rayons en s'élevant majestueusement derrière la cîme des montagnes. Hier précisément le soleil, plus fort que de coutume, réchauffait l'air réfroidi depuis quelque tems par les derniers brouillards de l'automne. Vers le milieu de la journée les villageoises arrivèrent avec leurs tabliers des jours de fêtes, interrompant leurs jeux et leurs danses pour chanter et pour vider des coupes. Une d'entre elle était la nouvelle épouse, une autre la fille, une troisième, la bien-aimée de quelques-uns des laboureurs. Tu sais que nos paysans ont coutume, dans le moment des plantations, de changer la fatigue en plaisir; persuadés, suivant une vieille tradition de leurs aïeux, que sans le choc des verres, les arbres ne peuvent pousser des racines vigoureuses dans une nouvelle terre. — Pendant ce tems là je me représentais dans l'avenir un

beau jour de printems, lorsque
blanchi par l'âge, je me traînerai
pas à pas en m'appuyant sur mon
bâton, pour me réchauffer aux
rayons du soleil, si cher aux vieil-
lards. Je me voyais saluant au sortir de l'église ces villageois courbés sous le poids des ans, ces mêmes villageois avec lesquels je passe
aujourd'hui la saison de la force
et de la jeunesse; il me semblait
enfin que je cueillais les fruits tar-
difs que produiront un jour les arbres plantés par mon père. Je
conterai alors d'une voix cassée
nôtre simple histoire à mes petits
enfans, aux tiens, ou bien à ceux
de Thérèse qui joueront autour de
moi; et quand mes os glacés repo-
seront sous ce bosquet, alors épais
et touffu, peut-être dans une soi-

rée d'été les anciens du village, réveillés par le son de la cloche des morts, mêleront leurs soupirs aux doux murmures des feuilles; ils prieront pour la paix de l'ame de l'homme de bien, et recommande-ront sa mémoire à sa famille. Si quel-quefois encore le laboureur fatigué vient chercher un abri contre les ardeurs de la canicule, il s'écriera, en regardant ma tombe : C'est lui qui a planté cette ombre hospita-lière !

20 novembre.

J'AI recommencé plus d'une fois cette lettre, et je croyais, en vé-rité, que je ne l'achèverais pas. La journée était si belle, j'avais d'ailleurs promis de me rendre chez

M. T***; et puis la solitude.. —Tu ris?... — Avant-hier et hier, je me suis levé avec la ferme résolution de t'écrire, et je ne sais comment je me suis trouvé, sans m'en apercevoir; hors de la maison:

Il pleut, il grêle; la foudre éclate; il faut bien me résigner à la nécessité, et profiter de cette journée pour expédier mon épître. — Il y a sept ou huit jours, nous avons fait un voyage. La nature m'a semblé plus belle que jamais. Thérèse, son père, Edouard, la petite Isabelle et moi, nous sommes allés visiter la maison de Pétrarque près d'Arquà. Arqua est, comme tu sais, a quatre milles de chez moi, et pour abréger le chemin, nous avons pris la route de la montagne. Le plus beau jour d'automne venait à

peine de commencer. La nuit, suivie des ombres et des étoiles, semblait fuir devant le soleil, qui sor-
tait en souverain du monde, du
sein de l'Orient embrasé. L'univers
paraissait lui sourire. De petits
nuages dorés et peints-de mille
couleurs, montaient sur la voûte
du ciel, que l'on aurait cru prête
à s'entr'ouvrir pour verser sur les
mortels tous les bienfaits de la Divinité. Je saluais à chaque pas la
famille brillante des fleurs, qui
relevaient doucement leurs têtes
courbées sous la gelée blanche du
matin. Les arbres agités par un
léger zéphir, réfléchissaient des
faisceaux de lumière dans les gouttes
de rosée, dont leurs feuilles tremblantes étaient couvertes, tandis
que ce fidèle avant-coureur de

l'aurore , séchait de sa douce haleine l'humidité des gazons. Le
bruissement des feuilles , le chant
des oiseaux , les bêlemens des troupeaux , le murmure des torrens ,
la voix des laboureurs , formaient
comme une harmonie mystérieuse,
qui se répandait dans les airs ,
tandis que l'atmosphère était em-
baumée de mille odeurs délicieuses,
que la terre enivrée de plaisir en-
voyait du sommet des montagnes
et du fond des vallées jusque vers
le soleil , souverain moteur de la
nature. — Je plains le malheureux
qui peut rester muet et froid devant un tel spectacle , et contempler tant de bienfaits sans avoir
les yeux mouillés des pleurs de la
reconnaissance : en ce moment je
vis Thérèse dans tout l'éclat de sa

beauté ; son visage presque toujours empreint d'une légère teinte
de mélancolie, était animé d'une
joie vive et secrète qui s'échappait
du fond de son cœur ; sa voix étouf-
fée ne pouvait exprimer ses sen-
sations ; ses grands yeux noirs,
brillans d'abord d'un divin enthousiasme, insensiblement s'é-
taient remplis de larmes ; tous ses
sens semblaient pénétrés des charmes sacrés de la nature. Remplie
d'une foule d'émotions délicieuses,
son ame s'ouvrait pour les partager, et elle se tournait vers
Edouard.... Grand Dieu ! il semblait marcher à tâtons dans les
ténèbres de la nuit, ou dans un
désert privé du doux sourire de la
nature. Elle le quitta subitement ;
et s'appuyant sur mon bras, elle

me dit.... — Mais Lorenzo... pourquoi chercher à continuer ; je dois
plutôt me taire ; s'il m'était possible de te peindre la douceur de
sa voix, la grâce de ses mouve-
mens, sa physionomie céleste ;
si je pouvais seulement transcrire
toutes ses paroles sans en changer
une seule syllabe, quelle scène délicieuse j'offrirais à ton imagination ! Pourrais-je me pardonner
d'échouer dans une telle entre-
prise ? Pourquoi vouloir imiter
un tableau inimitable ? Le nom
seul d'un chef-d'œuvre n'émeut-il
pas plus vivement qu'une misérable copie ? et ne me prendrais-tu
pas en ce moment pour un des tra-
ducteurs du divin Homère ? Comme
eux en effet je me consume en vains
efforts pour répandre le sentiment

qui me dévore , et je ne puis que
le délayer dans des phrases péni-
bles et languissantes.

Lorenzo , je suis fatigué ; à demain le reste de mon récit. Le vent
souffle avec furie ; je vais essayer
néanmoins , si le chemin est prati-
cable , et je te rapporterai un souvenir de Thérèse.

En dépit de moi-même , je suis
bien forcé d'achever ma lettre ; il
y a sur la porte de la maison une
mare d'eau qui me ferme le pas-
sage. Je ne puis la franchir , et
puis la pluie ne cesse pas ; il est
midi passé , et voilà bientôt la nuit
qui semble nous annoncer la fin
du monde. C'en est fait de ma journée ; ô Thérèse !

Que je suis malheureuse ! me
dit Thérèse ; et ce seul mot me

déchira le cœur. Je marchais à côté d'elle dans un profond silence. Edouard rejoignit son beau-père, et ils marchèrent devant nous en causant. La petite Isabelle nous suivait en donnant le bras au jardinier. — *Que je suis malheureuse!* Je sentais tout ce que ce mot avait de terrible, et je gémissais dans le fond de mon cœur, à l'aspect de la victime qu'on allait sacrifier à l'intérêt et aux préjugés. Thérèse s'étant aperçue par hasard du changement rapide de ma physionomie, m'en demanda la cause. « C'est quelque tendre souvenir, » me dit-elle en souriant. Je n'osai lui répondre.

Nous étions déjà près d'Arqua, et en descendant la pente rapide revêtue de gazon, nous voyions sous

nos pieds cette vallée riante couverte de nombreux villages , qui,
dans le lointain, échappaient à nos
regards. Nous arrivons enfin sous
une allée fermée d'un côté par des
peupliers , qui laissaient en tremblant , tomber sur nos têtes, les
feuilles déjà jaunies par l'automne,
et de l'autre par de vieux chênes
dont l'ombre épaisse et majestueuse contrastait avec le vert
agréable des peupliers. D'espace
en espace , les deux rangées d'arbres opposés étaient réunis par
des rameaux de vigne sauvage , qui
formaient comme autant de guirlandes mollement agitées par le zéphir. Thérèse s'arrêtant alors et pro-
menant ses regards autour d'elle ,
s'écria:« O ! combien de fois me suis-
je reposée sur ces verts gazons et

sous l'ombre si fraîche de ces chênes ! L'été passé je venais souvent
ici avec ma mère. » A ces mots elle
se tut et retourna sur ses pas sous
prétexte d'attendre la petite Isabelle , qui nous suivait à quelque
distance. Mais je m'aperçus qu'elle
m'avait quitté pour me dérober des
larmes que ses yeux ne pouvaient
plus retenir. « Et où est donc votre
mère , lui répliquai-je ? — Retirée
depuis plusieurs semaines à Padoue
auprès de sa sœur , elle est séparée
de nous , peut-être pour toujours !
Mon père lui était tendrement at-
taché , mais depuis qu'il s'est obs-
tiné à me donner pour époux un
homme que je ne puis aimer ; la
paix est bannie de notre famille. Ma
pauvre mère , après s'être vainement opposée à ce mariage , s'est

éloignée pour ne point avoir part
à mon malheur éternel ; et je suis
maintenant.....je suis abandonnée
de tout le monde. J'ai promis à
mon père et ne veux point lui dé-
sobéir.... ; mais.... ce qui m'af-
flige bien davantage encore, c'est
d'être cause de la désunion de ma
famille... Enfin... il faut savoir souffrir ! »—Les pleurs inondaient son
visage. « Pardonnez, ajouta-t-elle,
j'avais besoin de répandre les chagrins cuisans de mon cœur. Je ne
puis ni écrire à ma mère ni recevoir de ses lettres. Mon père im-
périeux et absolu dans ses volontés,
ne veut pas même l'entendre nom-
mer ; il ne cesse de me répéter
qu'elle est notre plus cruelle ennemie. Mais ce que je sens bien,
c'est que je n'aime et n'aimerai ja-

mais cet époux, que mon père exige.... » — Imagine Lorenzo, ce que j'éprouvais en ce moment ; je ne pouvais ni la consoler ni lui répondre. « De grâce, reprit-elle, ne me trahissez pas, je vous en conjure ; jai mis ma confiance en vous ; le besoin de trouver quelqu'un qui prît part à mes peines.... une sympathie.... Je n'ai que vous seul.... »

— Fille céleste, puissé-je pleurer toute ma vie et à ce prix essuyer tes larmes ! mes jours sont à toi ; je te les consacre, je les consacre à ton bonheur !

Que de peines, mon cher Lorenzo, dans une seule famille ! Conçois-tu l'entêtement de M. T*** qui d'ailleurs est un excellent homme ? Il aime sincèrement sa fille ; il fait souvent son éloge et la regarde avec complaisance , et cependant il la fait courber sous un joug pesant. Thérèse me disait quelques jours après , que doué d'une ame ardente , il avait toujours été la victime de ses passions. Gêné dans son intérieur par une trop grande magnificence , persécuté par ces hommes , qui dans les tems de révolutions établissent leur propre fortune sur la ruine des autres , tremblant pour ses enfans, il croit assurer le bonheur de sa famille en s'alliant à un *homme de sens* , déjà riche , et qui attend encore un héritage considérable. Peut-être aussi, Lorenzo , qu'une certaine fumée....... Et , tiens , je parierais cent contre un , que pour rien au monde il ne consentirait à donner sa fille à quelqu'un qui

manquerait seulement d'un demi-
quartier de noblesse ; *qui naît pa-*
tricien, meurt patricien. De plus il
considère l'opposition de sa femme
comme une lésion à sa propre autorité, et cette idée tyrannique le
rend encore plus inflexible. Néanmoins son cœur est bon, ses manières sont franches, et les caresses
qu'il prodigue à sa fille, l'air triste
dont il la regarde quelquefois,
prouvent qu'il voit en gémissant
la résignation de cette pauvre enfant...... Mais cependant...... quand
je vois qu'à l'instar de celui-ci
tous les hommes semblent chercher le malheur, comme avec une
lanterne, qu'ils veillent, se tourmen-
tent, se désespèrent pour se rendre éternellement malheureux, je
me briserais volontiers la tête dans

la crainte de m'y fourrer quelque semblable fantaisie.

Je te quitte, Lorenzo ; Michel m'appelle pour dîner, je reprendrai ma lettre dans un moment.

Le ciel s'est éclairci, et il fait cet après-midi le plus beau tems du monde. Le soleil dissipe les nuages et console la nature affligée en répandant sur elle l'éclat de ses rayons. Je t'écris de ma fenêtre d'où j'admire ce flambeau du monde, qui va se perdre insensiblement derrière un horizon embrasé de mille feux. L'air se calme, et la campagne, quoiqu'inondée et couverte seulement d'arbres dépouillés de feuilles, et de plantes flétries, semble plus riante encore qu'auparavant la tempête. Ainsi, Lorenzo, le malheureux dissipe ses tristes inquiétudes, à la douce lumière de l'espérance, et charme sa douleur avec ces mêmes plaisirs auxquels il était insensible dans le sein de l'aveugle prospérité. Cependant le jour m'abandonne ; j'entends la cloche du soir ; je vais donc tâcher d'achever mon récit.

Nous continuâmes notre court pélérinage, jusqu'au moment où brillèrent dans le lointain les murs de cette maisonnette qui vit un instant sous son modeste toit

Quel grande alla cui fama é angusto il mondo,
Per cui Laura ebbe in terra onor celesti (1).

Je m'en suis approché avec ce respect que je porterais sur la sé-

---

(1) Cet homme célèbre dont la renommée a dépassé les bornes du monde, et qui sur la terre rendit à Laure des honneurs divins.

＊

pulture de mes pères, ou comme
ces prêtres qui dans le plus profond silence s'enfonçaient respec-
tueusement au milieu des bois sacrés habités par les Dieux. Le pro-
priétaire actuel d'un si grand trésor laisse tomber en ruines, par
une insouciance sacrilège, la demeure de cet illustre Italien. Bientôt le voyageur, pénétré d'un saint
respect, viendra vainement du fond
de sa patrie chercher la chambre
qui retentit encore des célestes
accens de Pétrarque. Il pleurera
sur un monceau de ruines couvertes d'orties et d'herbes sauvages, au milieu desquelles le re-
nard solitaire aura déposé ses
petits. O Italie ! apaise les ombres
de tes grands hommes.

Je me souviens encore en gé-

missant des dernières paroles du
Tasse. Après avoir vécu quarante-
sept ans en butte aux outrages des
courtisans, aux injures des savans,
aux dédains orgueilleux des princes, tour-à-tour fugitif et dans les
fers, toujours plongé dans une profonde mélancolie, accablé par les
maladies et par l'indigence, il était
enfin couché sur son lit de mort,
et traçait ces derniers mots en
exhalant les derniers soupirs : « Je
» pourrais me plaindre de l'ingra-
» titude des hommes ; mais je me
» contenterai d'accuser la cruauté
» de la fortune, qui n'a pas voulu
» renoncer à la gloire de me traî-
» ner dans la misère jusqu'au tom-
» beau. » O mon cher Lorenzo!...
Ces mots retentissent toujours,
toujours au fond de mon cœur.

Cependant je récitais tout bas, l'ame remplie d'amour et pénétrée des charmes de l'harmonie, la chanson : *Chiare, fresche, dolci acque*; et cette autre : *Di pensier in pensier, di monte, in monte*; et le sonnet : *Stiamo, amore, a veder la gloria nostra*; et tant d'autres vers immortels que ma mémoire embrasée s'empressait de rappeler à mon cœur.

Thérèse et son père s'étaient éloignés avec Edouard qui devait aller compter avec le fermier d'un bien qu'il possède dans les environs. J'ai su depuis que son projet était de partir pour Rome, où la mort d'un de ses cousins l'oblige de se rendre; il n'en reviendra pas de sitôt parce que les autres parens se sont emparés de la for-

tune du défunt, et qu'il faudra porter l'affaire devant les tribunaux.

A leur retour, une bonne famille de laboureurs nous prépara
une collation, après quoi nous re-
prîmes le chemin de la maison.
Adieu, adieu. J'aurais bien d'autres choses à te raconter, mais
franchement je t'écris à contre-
cœur. A propos : j'oubliais de te
dire qu'au retour, Edouard accom-
pagna toujours Thérèse; il me parut
même qu'il la querellait, et d'un
certain air de maître. Quelques
mots qui sont parvenus jusqu'à moi,
m'ont fait soupçonner qu'il l'a tour-
mentait pour savoir d'un bout à l'autre le sujet de notre conversation du
matin. Ceci m'avertit que je dois
rendre mes visites moins fréquen-
tes, au moins jusqu'à son départ.

Bonne nuit, Lorenzo. Garde cette lettre ; quand Edouard sera le plus heureux des hommes, que je ne verrai plus Thérèse, et que sa charmante petite sœur ne viendra plus sauter sur mes genoux, dans ces momens d'ennui où le malheur même a des charmes, nous relirons ensemble ces souvenirs, aux derniers rayons du jour, et mollement couchés sur le penchant de la colline qui regarde la solitude d'Arqua. Le souvenir de l'amitié de Thérèse séchera nos larmes. Formons un trésor de sentimens consolateurs, qui réjouissent le reste de notre vie, et qui nous rappellent, si nous devons encore être malheureux et persécutés, que nous n'avons pas toujours vécu dans la douleur.

22 novembre.

Dans trois jours Édouard sera
parti. Le père de Thérèse doit l'ac-
compagner jusqu'à la frontière. Il
m'avait proposé de faire ce petit
voyage avec lui, mais je m'en suis
excusé, parce qu'il faut absolument
que je m'éloigne.. J'irai... à Padoue.
Je ne dois abuser ni de l'amitié de
M. T*** ni de sa confiance. « Te-
nez fidèle compagnie à ma fille; me
disait-il ce matin. » A l'entendre,
il me prend pour un Socrate......
Moi! près de cette angélique créature formée pour aimer et pour
être adorée?... près d'elle, bientôt si malheureuse! moi; surtout,
toujours en harmonie parfaite avec
les malheureux, car en vérité je
trouve je ne sais quoi d'odieux

dans l'homme caressé par la fortune.

Je ne puis comprendre comment il ne s'aperçoit pas, qu'en parlant de sa fille, j'hésite et je balbutie. Je change de visage; je suis comme le malfaiteur en présence de son juge. Quelquefois je tombe dans de profondes réflexions, et je blasphémerais contre le ciel en voyant dans cet homme tant d'excellentes qualités gâtées par des préjugés et par un fatal aveuglement, qu'un jour il déplorera avec amertume. C'est ainsi que mes journées se consument dans le chagrin de mes propres infortunes et dans les plaintes que m'arrachent les malheurs mêmes qui me sont étrangers.

Après tout, cet état m'ennuie.

N'est-il pas plaisant que mon cœur
ne puisse goûter un moment, un
seul moment de calme ? Comme il
est toujours agité, il lui importe
peu que les vents soient contraires
ou favorables. Lorsque le plaisir
lui manque, il a recours aussitôt
à la douleur. Edouard vint hier
me rendre un fusil de chasse que
je lui avais prêté ; je ne pus le voir
partir sans me jeter à son cou, bien
qu'il eût été plus convenable d'i-
miter son indifférence, et que nous
n'en fussions pas encore aux derniers
adieux. Je ne sais quel nom, vous
autres sages, donnez à celui qui
obéit trop promptement aux mou-
vemens de son cœur. Ce n'est certainement pas un héros ; mais est-il
pour cela méprisable ? Ceux qui
traitent de lâches les hommes li-

vrés à des passions brûlantes, res-
semblent à ce médecin qui accu-
sait de folie un malade dont le seul
tort était de ne pouvoir résister à
l'ardeur de la fièvre. C'est ainsi
que j'entends les riches blâmer la
pauvreté , par la seule raison
qu'elle n'est pas la richesse. Pour
moi cependant tout n'est qu'apparence ; il n'y a rien..... rien
de réel. Les hommes ne pouvant
acquérir en même tems leur propre
estime et celle d'autrui, cherchent
à s'élever en comparant les défauts,
que par hasard ils n'ont pas à ceux
de leurs voisins; mais celui qui déteste le vin mérite-t-il qu'on vante
sa sobriété ?

Toi, par exemple, qui disputes
tranquillement sur les passions ,
si tes mains ne refroidissaient tout

ce qu'elles touchent, si tout ce
qui pénètre dans ton cœur de glace
ne se congelait aussitôt, serais-tu
si fier de ta sévère philosophie?
Comment peux-tu donc raisonner
sur des choses que tu ne connais
pas?

Pour moi, je permets aux sages
de vanter leur froide apathie. J'ai
lu jadis, je ne sais dans quel poète,
que leur vertu est un monceau de
glace, qui attire tout à lui, et gèle
quiconque s'en approche. « Dieu
» lui-même ne demeure pas tou-
» jours dans sa majestueuse tran-
» quillité; mais il s'entoure des
» aquilons, et voyage avec les tem-
» pêtes. »

27 novembre.

EDOUARD est parti... et moi je

veux partir aussi, dès que le père
de Thérèse sera de retour. Adieu.

———

3 décembre.

Ce matin j'allais passer un moment chez M. T***, et j'étais déjà
près de la maison, lorsque le son
d'une harpe vint frapper mon
oreille. Je m'arrêtai subitement;
mon cœur s'épanouit, et je sentis
la volupté s'insinuer dans mon
ame avec cette musique mélo-
dieuse: c'était Thérèse..... — O
fille céleste! comment puis-je me
peindre ton image, et te voir dans
tout l'éclat de ta beauté, sans
éprouver le plus violent désespoir? C'en est trop! tu commences
à boire les premières gouttes du
calice amer de la vie, et je pour-

rais supporter de te voir malheureuse! et je ne témoignerais mon
indignation que par des larmes !...
Que dis-je? ne devrais-je pas plutôt, par pitié, te conseiller moi-
même de te résigner à ta cruelle
destinée.

Certainement il m'est impossible de dire si je l'aime. Mais si
jamais.... En vérité tout ce que je
sais, c'est que mon amour est
incapable de former une seule
pensée !

Je m'arrêtai subitement, le cou
tendu, les yeux fixes. Tous mes
sens étaient en extase, et rien
n'aurait été capable de m'arracher
à mon ravissement.

Tout-à-coup j'entends chanter
par Thérèse cette strophe que j'a-
vais traduite de Sapho, avec les

deux autres odes, uniques débris des poésies de cette femme infortunée, immortelle comme les Muses. D'un saut je fus auprès de Thérèse : elle était dans son cabinet, sur cette chaise où je la vis pour la première fois, lorsqu'elle peignait elle-même son portrait. Une simple robe blanche dessinait sa taille élégante ; sa blonde chevelure tombait en anneaux d'or sur ses épaules et sur son sein ; son regard céleste était humide de volupté ; une douce langueur brillait sur son visage ; son bras de rose, son pied charmant, ses doigts délicats agitaient mollement les cordes de sa harpe.... Tout, dans cette créature divine, tout était harmonie ; et j'éprouvais je ne sais quel délice à la contempler. Thérèse parut d'abord confuse de se voir surprise dans un tel désordre, et je commençais moi-même à m'accuser de hardiesse et d'indiscrétion ; mais elle continua, et de mon côté, je bannis toute autre pensée que celle de l'adorer et de l'entendre. Je ne saurais te peindre ce qui se passait dans mon ame., les paroles me manquent pour l'exprimer. Je me crus un instant débarrassé du poids de cette vie mortelle.

Bientôt elle se leva en souriant, et je restai seul. Alors je revins peu-à-peu de mon extase ; je penchai ma tête sur cette harpe, et tout-à-coup mon visage fut inondé d'un torrent de larmes.... Oh ! combien je me sentis soulagé !

Padoue, 7 décembre.

JE ne sais, mais j'ai peur d'avoir été la dupe, et que tu n'aies employé toute ton adresse pour m'arracher de ma paisible retraite. Michel vint pour m'avertir de la part de ma mère qu'on avait déjà préparé à Padoue le logement que je voulais, disait-on, occuper à la rentrée de l'université ; mais en vérité, il m'en souvient à peine. Il est vrai que j'avais donné ma parole de venir ici, et je te l'ai écrit ; mais j'attendais M. T*** qui n'est pas encore de retour. Au reste, j'ai bien fait de choisir l'instant de ma vocation, et j'ai quitté mes Collines sans dire adieu à personne. Autrement, malgré tes prédictions et mes projets, je n'en serais jamais sorti. Je t'avouerai même que je sens au fond de mon cœur, je ne sais quelle amertume, et que j'éprouve souvent de violentes tentations d'y retourner. — Au surplus, me voici à Padoue, prêt à devenir un savantasse, afin que tu n'ailles plus, répétant sans cesse, *que je consume mes journées en folies*. D'ailleurs, il me suffit que tu ne veuilles point t'opposer à ce que je décampe dès que l'envie m'en prendra; car tu sais que je suis né singulièrement inepte pour certaines choses, surtout quand cette régularité que demande l'étude exige le sacrifice de ma tranquillité, de mon indépendance, dis même, je te le permets, de mes fantaisies. Cepen-

dant n'oublie pas de remercier
ma mère en mon nom, et, pour
adoucir son chagrin, tâche de pro-
phétiser, comme si la chose venait de toi seul, que je ne puis espérer de trouver de chambre ici
pour plus d'un mois, ou à-peu-
près.

———

Padoue, 11 décembre.

J'ai connu jadis la femme du
patricien M*** ; elle vient de fuir
les troubles de Venise et la maison de son indolent mari, pour
habiter Padoue la plus grande
partie de l'année. Grand Dieu !
comme sa jeunesse et sa beauté
ont déjà perdu cette fleur d'innocence sans laquelle il n'est point
de grâces, et qui seule inspire l'a-

mour: Assez habile dans l'art de
la coquetterie, elle met tout son
plaisir à faire des conquêtes; c'est
ainsi du moins que j'en juge. Cependant je puis me tromper : elle
paraît se plaire près de moi ; nous
causons souvent ensemble à voix
basse, et mes louanges la font sourire, d'autant plus qu'elle ne se
nourrit pas comme les autres
femmes, de cette ambroisie de
froideurs, de ces pointes fades
que l'on appelle galanterie, et qui
sont presque toujours l'indice d'un
pauvre esprit. Tu sauras maintenant qu'hier soir elle approcha sa
chaise de la mienne, me parla de
quelques vers de ma façon, et la
conversation tombant ensuite sur
la poésie, je ne sais comment je
nommai certain ouvrage qu'elle

me demanda, et que j'ai promis de lui porter ce matin même. Adieu, l'heure me presse.

———

A deux heures.

Lorsque j'arrivai chez elle, un jockey m'ouvrit un cabinet, où j'étais à peine entré qu'une dame d'environ trente - cinq ans vint me recevoir; elle était vêtue avec tant d'élégance que je ne l'aurais jamais prise pour une femme de chambre, si elle ne me l'eût appris elle-même, en me disant que sa maîtresse était encore au lit : « Elle va se lever tout à l'heure, ajouta-t-elle. » En ce moment le bruit d'une petite sonnette la fit rentrer dans la chambre à coucher de sa maîtresse ; et je restai seul

devant la cheminée, portant alter-
nativement mes regards sur une
Danaé peinte au plafond, sur les
estampes qui décoraient l'appartement, et sur quelques romans
français éparpillés autour de moi.
Bientôt les portes s'ouvrirent ; je
sentis l'air parfumé de mille odeurs
délicieuses, et je vis Mme M^{***} fraîche et brillante, entrer vîte, vîte
comme saisie par le froid, et se
jeter sur une chaise longue que la
femme de chambre venait d'ap-
procher du feu ; elle me salua avec
certains regards.... et me demanda
en souriant si je m'étais souvenu
de ma promesse. Je lui présentai
mon livre, en remarquant avec
quelque étonnement qu'elle n'était
vêtue que d'une simple chemise
qu'on n'avait pas seulement pris la

peine de rattacher par une cein-
ture. Ce vêtement léger s'ouvrait
avec négligence, et laissait apercevoir une gorge et des épaules,
qui n'avaient pour toute défense
qu'une peau du tissu le plus fin et
le plus éblouissant. Ses cheveux,
quoique retenus par un peigne,
rappelaient encore le désordre du
sommeil. Les uns tombaient en
boucles sur son cœur, les autres
allaient cacher leurs anneaux jusque dans son sein, et leurs tresses
d'ébène semblaient vouloir guider
un regard indiscret; d'autres encore descendaient sur son front et
voilaient à demi ses paupières.
Quelquefois cependant elle cher-
chait à les écarter avec des doigts
charmans, ou bien elle s'efforçait
de les rouler et de les contenir sous

son peigne ; dans ce mouvement le
tissu léger se repliait sur lui-même,
et laissait voir, peut-être avec quelque dessein, le bras le plus blanc
et le mieux arrondi ; elle le posait
ensuite sur un coussin délicat, et le
tournait du côté de son petit chien,
qui s'approchait, s'enfuyait et revenait encore en faisant le gros dos
et remuant la queue et les oreilles.
Je m'assis à mon tour sur une
chaise que la femme de chambre
m'avait approchée avant de sortir.
La caressante petite bête, tout
en jappant, mordait et secouait
avec ses dents les bords de la chemise, laissait voir une jolie pan-
touffle de soie couleur de rose, et
découvrait bientôt après jusqu'au
dessus de la cheville un petit
pied.... un pied, Lorenzo, sem-

blable à celui que l'Albane aurait donné à l'une des Grâces sortant du bain ! O Thérèse !... si je
t'avais vue dans cette attitude vo-
luptueuse , dans un semblable désordre et de même.... En me rappelant cette heureuse matinée passée près d'elle , je me souvins que
je n'osais respirer l'air qui envi-
ronnait cette fille charmante.
Mes pensées devinrent timides et
respectueuses, et je me recueillis
pour l'adorer. — A coup sûr ce
fut un génie bienfaisant qui vint
me présenter en ce moment l'image
de Thérèse. Je regardai attentive-
ment avec un sourire modeste la
belle et son petit chien, et lorsque
je voulus de nouveau porter ma
vue sur le pied charmant que je
venais d'apercevoir, ce joli pied

avait disparu. Je me levai en de-
mandant pardon d'avoir choisi une
heure aussi incommode ; et dans ce
moment un air de mécontentement
remplaça la gaîté piquante qui brillait l'instant d'auparavant sur le
visage de Mme M***. Mais à dire le
vrai, cela m'importe assez peu.
Une fois seul, ma raison, toujours
en opposition avec mon cœur, me
répéta sans cesse : Malheureux! tu
ne dois redouter que cette beauté
qui tient du céleste ; garde-toi de
détourner tes lèvres du contre-
poison que la fortune te présente.
J'approuvai ma raison ; mais mon
cœur en avait déjà décidé à sa fantaisie. —Tu t'apercevras que cette
lettre a été copiée et recopiée,
parce que j'ai voulu attraper le
beau style.

Maudite chanson de Sapho ! que
j'écrive, que je lise ou me promène, je la fredonne sans cesse.
O Thérèse ! je n'étais pas fou à ce
point lorsqu'il m'était permis de
te voir et de t'entendre. Patience !
il n'y a que onze milles d'ici chez
moi, et deux milles encore, et
puis.... — Combien de fois me serais-je échappé de ces lieux, si la
crainte d'être entraîné trop loin
de toi par le malheur, ne me dé-
terminait à braver le danger. Ici
du moins nous sommes sous le
même ciel.

P. S. Je reçois tes lettres à
l'instant même. — Finis, Lorenzo ! voilà la cinquième fois
que tu m'accuses d'aimer ; et
quand je me laisserais entraîner
aux charmes de l'amour, qu'en ré-

sulterait - il? N'ai - je pas vu des
hommes s'enflammer pour la Vénus de Médicis, pour la Psyché,
pour la Lune même, ou quelques
étoiles chéries? — Toi-même, ne
t'ai-je pas vu tellement enthousias-
mé de Sapho, que tu prétendais
reconnaître ses traits dans la plus
belle femme de ta connaissance?
Tu traitais alors d'ignorans et d'en-
vieux toux ceux qui refusent à
l'amante de Phaon l'élégance de la
taille, l'éclat de la peau, et les
grâces de la figure. Trève de plai-
santerie, je suis, j'en conviens,
un homme singulier, peut - être
même extravagant; mais faut - il
pour cela rougir de moi-même? Et
de quoi rougirais - je? Voilà déjà
plus d'une fois que tu me jettes à
la tête le mot de rougir; mais avec

ta permission, je ne sais, ne puis,
ni ne dois rougir de rien à l'égard
de Thérèse ; je ne puis non plus
ni me repentir ni me plaindre...
— Adieu, porte-toi bien.

Padoue, ...

(Deux feuilles de cette lettre se sont
égarées ; Ortis y racontait certaine aventure désagréable que lui avaient suscité
son naturel emporté et l'excès de sa fran-
chise. L'éditeur s'étant proposé de pu-
blier le manuscrit autographe dans toute
son intégrité, croit devoir ne rien ajouter
à ce qui reste de sa lettre ; d'autant plus
qu'il est aisé de deviner ce qui manque
par ce que l'on a conservé.)

(Il manque d'abord ici une première
feuille.)

. . . .
. . . .
. . . . . .Sensible aux bienfaits, je

le suis encore plus aux outrages;
et tu sais néanmoins combien de
fois j'en ai pardonnés. J'ai fait du
bien à qui m'a offensé, et j'ai plaint
souvent celui-là même qui m'avait
trahi; mais les atteintes données à
mon honneur... doivent être ven-
gées. Lorenzo! je ne sais ce qu'ils
t'auront écrit, ni ne me soucie de
l'apprendre; mais quand ce misérable que je n'avais pas revu depuis trois ans s'est présenté devant moi, j'ai senti tout mon sang
bouillonner dans mes veines, et
pourtant je suis parvenu à me con-
traindre; mais devait-il avec de
nouveaux sarcasmes réveiller toute
mon indignation? Ce jour-là je
rugissais comme un lion, et il me
semblait que je l'aurais déchiré
même aux pieds des autels.

Deux jours après le lâche rejette les voies d'honneur que je lui indiquais, et tous s'élevèrent contre moi, comme si j'avais dû tranquillement dévorer une injure de celui qui jadis avait déjà porté le plus affreux désespoir au fond de mon cœur. Cette aimable canaille affecte la générosité, parce qu'elle n'a pas le courage de se venger ouvertement; mais ne connaît-on pas leurs assassinats, leurs brigues et leurs calomnies ? — D'ailleurs, l'ai-je pris en traître ? N'avez-vous pas comme moi, lui ai-je dit, des bras et une poitrine, et ne suis-je pas mortel comme vous? Des pleurs et des cris furent sa seule réponse. Alors ma colère, cette passion brûlante dont je ne suis pas le maître, commença à s'adoucir,

et en voyant sa lâcheté, je me dis
que le courage ne donnait pas le
droit d'opprimer la faiblesse; mais
la faiblesse donne-t-elle le droit
d'outrager qui sait tirer vengeance
des outrages? Crois-moi, il faut
une grande bassesse ou bien une
philosophie au-dessus des forces
de l'humanité pour épargner un
ennemi, qui a, comme celui-ci,
le regard insolent, l'ame noire et
la main tremblante.

Cependant cette occasion m'a
servi à démasquer tous ces petits
messieurs, qui me juraient une amitié à toute épreuve, pour qui cha-
cune de mes paroles semblait une
merveille, et qui à tout propos
m'offraient et leur cœur et leur
bourse.... Ce sont des tombeaux
couverts de beaux marbres et d'é-

pitaphes pompeuses : ouvrez-les ;
ils ne renferment que des vers et
de la corruption. Penses-tu, mon
cher Lorenzo, que si l'adversité
nous forçait à demander du pain,
un seul d'entre eux se souvînt de
ses promesses? Pas un seul, à coup
sûr, ou peut-être seulement quelque fourbe qui espérerait avec ses
bienfaits acheter de nous quelque
bassesse. Amis pendant le calme,
ils nous noieraient dans la tempête.
Pour ces gens-là tout est affaire
de calcul. Aussi quelqu'un ren-
ferme-t-il dans son sein le germe
d'une passion généreuse, il doit
l'étouffer ou fuir, comme les aigles
et les bêtes féroces, dans des montagnes inaccessibles, ou dans des
forêts éloignées de l'envie et de la
fureur des hommes. Les ames su-

blimes s'élèvent au - dessus de la
multitude qui s'indigne de leur
grandeur, s'efforce de les enchaî-
ner ou de les tourner en ridicule,
et appelle folies des actions que
du fond de la fange où elle est
plongée, elle ne peut ni connaître
ni apprécier. — Je ne parle pas
de moi ; mais quand je pense aux
obstacles que la société oppose au
génie et au courage de l'homme,
et comme dans les gouvernemens
en proie à la licence ou à la tyrannie, tout est brigue, intérêt et faus-
seté... je me prosterne et rends
grâce à la nature, qui en me
douant de ce caractère ennemi de
toute servitude, m'a placé au-dessus de ma fortune, et m'a appris
à m'élever au-dessus de mon éducation. Je sais que la première, la

seule, la véritable science est celle
de l'homme qu'on ne peut étudier
ni dans la solitude ni dans les livres ; je sais que personne. ne doit
se prévaloir de sa propre fortune
ou de celle d'autrui pour chemi-
ner avec quelque assurance à travers les précipices de la vie. Pour
moi, effrayé d'être trompé par qui
devrait m'instruire , renversé par
le sort qui pourrait m'élever, frappé par la main assez puissante pour
me soutenir. . . . .

(Il manque ici une autre feuille.)

. . . .
. . . .

. . . . Encore si j'avais été sans
expérience ! mais j'ai cruellement
ressenti les atteintes de toutes les
passions. Je ne puis même me

vanter d'être resté inaccessible à
tous les vices. Sans doute aucun
d'eux ne m'a jamais subjugué, et,
dans le pélerinage de la vie, j'ai
passé tout-à-coup du sein d'une
nature fraîche et riante, au milieu
des plus affreux déserts; mais je
conviens que le repentir de mes
fautes naquit d'une espèce de dé-
dain orgueilleux, et du désespoir
d'obtenir la gloire et le bonheur
vers lesquels j'aspirais dès mes
plus tendres années. Si j'avais
vendu ma foi, trahi la vérité, tra-
fiqué de mes talens, crois-tu que
je ne serais pas plus honoré, plus
tranquille? Mais les honneurs et
la tranquillité, dans un siècle aussi
corrompu, mériteraient-ils donc
d'être acquis au prix de la conscience? Peut-être la crainte de

l'ignominie m'a-t-elle empêché ,
plus que l'amour de la vérité, de
me livrer à de certains excès ,
respectés parmi les grands , tolé-
rés dans le plus grand nombre ,
mais punis sur les malheureux ,
pour ne pas laisser sans victimes
le vain simulacre de la justice.
Non, ni la violence des hommes,
ni toutes les puissances du Ciel
même ne me feront jamais remplir , sur le théâtre du monde ,
le rôle d'un fripon subalterne.
Pour passer les nuits dans le bou-
doir des plus illustres beautés, je
sais qu'il faut professer le liberti-
nage , car elles veulent conserver
leur réputation où elles soupçon-
nent encore un reste de pudeur.
Plus d'une m'enseigna l'art de sé-
duire , et voulut me façonner à la

trahison ; et peut-être n'aurais-je
que trop bien mis en pratique ces
dangereuses leçons , si le plaisir
que j'en attendais ne se fût changé
en amertume au fond de ce cœur
qui n'a jamais su se prêter aux circonstances , ni se soumettre aux
lois de la raison. Aussi combien de
fois me suis-je écrié en ta présence, *que tout dépend du cœur...*
du cœur, que ni les hommes, ni le
Ciel, ni nos intérêts même ne peuvent jamais changer.

J'ai recherché avec empresse-
ment dans la partie la plus civili-
sée de l'Italie, et dans quelques
villes de France, cette bonne compagnie que j'avais entendu vanter
avec tant d'emphase ; mais je n'ai
trouvé partout qu'une foule de
nobles, de savans, de jolies fem-

mes, parmi lesquels, sans excep-
tion, régnaient la vanité, la bassesse et la méchanceté. Et je n'ai
pu découvrir ce petit nombre
d'hommes qui, vivant isolés au
milieu de la multitude, ou médi-
tant dans le calme de la solitude,
conservent dans toute leur pureté
les premiers traits de leur caractère. Cependant je courais au hasard et dans tous les sens, comme
les ames de ces fainéans que le
Dante a exilées aux portes de l'Enfer, ne les jugeant pas dignes de
figurer parmi les véritables dam-
nés. Sais-tu ce que j'ai recueilli
pendant une année toute entière?
Des sottises, des infamies, et par-
dessus tout cela, un ennui mortel.
— Et de ce lieu paisible où je me
croyais au port, et d'où je regar-

dais le passé en frémissant, il faut
que le démon me pousse à une infortune sans égale!

Tu vois donc bien par - là que
je dois seulement tourner mes regards vers ce rayon de salut qu'un
hasard propice est venu m'offrir.
Mais je t'en conjure, épargne-toi
ton sermon ordinaire : Jacopo, Jacopo! *ton indocilité te rend mi-*
santhrope. Et crois-tu donc que si
je haïssais les hommes, je déplo-
rerais leurs vices, ainsi que je le
fais? Mais puisque je ne sais pas
en rire, et que je crains d'en devenir la victime, ne vaut-il pas
bien mieux recourir à la fuite? Et
qui me rassurera contre la haine
d'une race d'hommes à laquelle je
ressemble si peu? Il ne sert de rien
de disputer pour découvrir de

quel côté se tient la raison : je l'i-
gnore, et ne prétends pas l'avoir
pour moi toute entière. La chose
importante, et sur ce point nous
sommes d'accord, c'est que mon
caractère simple, ferme et loyal, ou
plutôt brusque, imprudent, obs-
tiné, ne puisse se faire à cette éti-
quette si respectée, qui recouvre
d'une même livrée les mœurs in-
variables de tous les hommes ; et
franchement je ne me sens point
en humeur de changer d'habit. Il
n'y a donc pour moi aucune trève
à espérer ; je suis en guerre ouverte, et la défaite est inévitable :
car je ne sais point combattre avec
le masque de la dissimulation,
vertu fort en crédit et singulièrement utile. Vois jusqu'où va ma
présomption ! Je me crois moins

difforme que les autres, et c'est
pour cela que je dédaigne de me
contrefaire ; quelque bon ou quelque méchant que je sois, j'ai la fran-
chise, ou si l'on veut, l'effronte-
rie de me présenter nu, et tout
comme la nature notre mère com-
mune a bien voulu me faire. Que
si quelquefois je me dis à moi-
même : Penses-tu que la vérité,
pour être dans ta bouche, en soit
moins imprudente ? Je réponds à
cela que je serais fou, si après
avoir trouvé au sein de ma solitude le bonheur que la contem-
plation du souverain bien fait goûter aux habitans du paradis, je m'a-
bandonnais à la discrétion de cette
race fausse et méchante pour me
soustraire ; ce sont tes propres ex-

pressions, *pour me soustraire aux périls de l'amour.*

———

Padoue, 3 décembre.

Ce maudit pays m'ôte toute énergie, et me dégoûte de l'existence ; tu peux me gronder tant que tu voudras, je n'y sais point de remède. Si tu voyais avec quelle figure maussade je passe le tems à ne rien faire, et combien il m'en coûte pour te commencer cette malheureuse lettre ! Le père de Thérèse est de retour aux monts Euganéens : il m'a donné de ses nouvelles ; je lui ai répondu en le prévenant de mon arrivée ; mais il me semble que dix siècles s'écouleront encore avant cet heureux jour.

Notre université (comme toutes les universités de la terre) n'est en grande partie composée que de professeurs pédans et jaloux, et d'écoliers étourdis et dissipés. Sais-tu pourquoi la masse des savans produit un si petit nombre d'hommes d'un vrai mérite? Ce souffle divin qui constitue le génie ne s'alimente que dans l'indépendance et dans la solitude, lorsque les circonstances, le forçant à l'inaction, ne lui laissent d'autres ressources que les lettres. Dans la société il est impossible de se livrer à la méditation; on se contente de lire beaucoup et de copier; la nécessité de discourir sans cesse fait évaporer cette sève généreuse sans laquelle on ne peut sentir, penser, écrire fortement;

pour acquérir le faible avantage
de bégayer une grande quantité de
langues, on en vient jusqu'à bégayer la sienne même, et l'on se
rend ainsi tout à-la-fois ridicule
aux yeux des étrangers et de ses
compatriotes. Soumis aux intérêts, aux préjugés, aux vues des
hommes ; accablés sous une chaîne
pesante de devoirs et de besoins,
nous rendons la multitude arbitre
de notre gloire et de notre félicité.
On flatte la richesse et la puissance, et l'on redoute même de
l'illustrer, parce que la renommée
provoque la persécution, et que
la grandeur d'ame excite les soup-
çons des gouvernemens. En un
mot, les princes ne veulent pas plus
de héros que de grands scélérats.
Aussi celui qui sous la tyrannie

est payé pour instruire , se sacrifie rarement , ou pour mieux dire jamais , aux véritables devoirs de sa profession. La publicité même des leçons de la chaire s'accorde difficilement avec la raison, et rend suspecte jusqu'à la vérité.—Peut-être aussi , et je le soupçonne encore , tous les hommes ne sont-ils en effet que des aveugles qui voyagent dans l'obscurité , et quelques-uns d'entr'eux se fatiguent les yeux en s'efforçant de distinguer les ténèbres au milieu desquelles ils avancent à tâtons. Mais que ceci soit entre nous.......
Il est certaines opinions que l'on ne devrait soumettre qu'à ce petit nombre d'hommes qui regardent les sciences en souriant, à-peu-près comme le bon Homère regar-

dait autrefois les combats des rats
et des grenouilles.

A propos, voudras-tu m'écouter
au moins pour cette fois? Puisqu'il
se rencontre un acquéreur, vends
tous mes livres sans pitié. Qu'ai-je
à faire de quatre mille et tant de
volumes, que je ne sais, ni ne
veux lire? Réserve-m'en seulement
un petit nombre dont tu verras
les marges apostillées de ma main.
Oh! comme je me tourmentais
jadis pour dépenser tout mon
argent avec les libraires ! mais
cette passion ne m'a peut-être
quitté que pour faire place à une
autre. Remets à ma mère le produit de ma bibliothèque pour la
dédommager des dépenses aux-
quelles je l'oblige. — Je ne sais
comment cela se fait, mais en

vérité j'épuiserais une mine d'or.
—Cet expédient m'a semblé le
meilleur. — Les tems deviennent
plus durs de jour en jour, et il
n'est pas juste que cette pauvre
mère traîne, à cause de moi, dans
le besoin, le peu d'années que le
ciel lui prépare encore. Adieu.

———

Des monts Euganéens, 3 janv. 1798.

PARDON. Je te croyais plus sage.
Le genre humain est comme un
troupeau d'aveugles ; tu les vois se
pousser, se heurter, se battre et
se traîner à la suite de l'insépa-
rable sort. Pourquoi donc désirer
ou craindre ce qui te doit arriver ?

Me trompé-je ? Je consens que
la prudence humaine puisse rom-
pre cette chaîne de hasards et

d'événemens sans conséquence,
que nous appelons le destin, en
pourra-t-elle mieux pour cela pé-
nétrer d'un regard ferme dans les
ténèbres de l'avenir? Quoi! tu
m'exhortes de nouveau à fuir
Thérèse; eh! n'est-ce pas me dire:
Abandonne ce qui te fait chérir la
vie. Redoute le malheur, et......
donne tête baissée dans une infortune cent fois plus affreuse encore?
Mais admettons qu'un sage effroi
du péril doive fermer mon ame à
la moindre lueur de félicité, ma
vie entière ne ressemblerait-elle
pas aux sombres journées de la
saison rigoureuse, qui nous font
désirer de voir interrompre le
cours de notre existence, tant
elles répandent de tristesse sur
toute la nature? Or, maintenant

dis la vérité, Lorenzo ; ne vaut-il
pas encore mieux que le soleil
console au moins une partie de la
matinée par la douce chaleur de
ses rayons, dût la nuit étendre
ensuite son voile ténébreux avant
la fin de la journée ? Si je devais
surveiller sans cesse ce cœur dont
l'ascendant m'entraîne, je serais
en guerre éternelle avec moi-
même ; et quel en serait l'avantage ? Mais je m'élance à corps
perdu, et je me gouverne à ma
fantaisie. — Cependant

Sento l'auramia antica, e i dolci Colli
Veggo apparir ! (1)

PÉTRARQUE.

---

(1) « Je commence à respirer l'air qui m'a vu
» naître, et j'aperçois le sommet de mes chères
» Collines. »

10 janvier.

EDOUARD espère avoir terminé ses affaires dans un mois ; c'est du moins ce qu'il écrit : il reviendra donc au plus tard vers le printems. — Et probablement dans les premiers jours d'avril, il faudra que je songe..... à repartir.

———

19 janvier.

LA vie ? la vie ne serait qu'un songe, un songe trompeur auquel nous attachons cependant toute notre confiance comme les femmelettes qui renferment leur destinée dans les superstitions et dans les présages ! Eh ! quoi, l'ami auquel tu tends une main secourable n'est peut - être qu'un fantôme que tu

chéris, et qu'un autre déteste.
Ainsi donc toute ma félicité rési-
derait dans la vaine apparence des
choses qui m'entourent ; et si je
cherche la réalité, je dois m'égarer
et marcher dans le vide d'un pas
incertain et tremblant. Je ne sais....
mais pour moi, je crains que la
nature n'ait organisé notre espèce
comme un petit anneau sans im-
portance, dans la chaîne de son
incompréhensible système ; l'a-
mour-propre excessif dont elle
nous a doués ne serait alors qu'un
préservatif, et son but, en remplis-
sant notre imagination de crainte
et d'espérance, serait de nous tenir
occupés sans cesse de cette existence si douteuse, si courte et si
malheureuse. Et tandis que nous
concourons aveuglément à ses fins,

elle rit peut-être de notre orgueil,
qui nous fait croire que l'univers
a été créé pour nous seuls, et que
seuls nous sommes dignes et capa-
bles de donner des lois à tout ce
qui respire.

Naguère je me promenais dans
la campagne, encapuchonné jusqu'aux yeux, observant la pâleur
de la terre sous la neige qui l'en-
sevelissait sans qu'aucune herbe,
aucune feuille rappelât sa richesse
passée. Mes yeux ne pouvaient s'arrêter long-tems sur la croupe des
montagnes, dont le sommet était
plongé dans un brouillard épais et
glacé, qui rendait l'air plus sombre et plus froid, et dont le poids
ajoutait encore au deuil de la nature. Il me semblait voir ces neiges
se détacher, se précipiter en tor-

rens fougueux sur la plaine inondée,
emportant dans leur cours impé-
tueux les arbres, les troupeaux,
les cabanes, détruisant en un
jour le prix des fatigues de tant
d'années et les espérances de tant
de familles. De tems en tems brillait un rayon de soleil, éteint bientôt par l'obscurité, mais qui pourtant consolait le monde et semblait
vouloir le rassurer contre la crainte
d'une nuit éternelle; et moi, je me
tournais vers cette partie du ciel
que la trace de sa lumière blan-
chissait encore, et je m'écriais :
O Soleil, tout change ici bas ! toi
seul, éternel flambeau, tu ne changes
jamais ! Cependant viendra le jour
où Dieu détournera de toi le regard qui te soutient, et tu tomberas
alors dans les antiques profon-

deurs du chaos : alors les nuages
n'escorteront plus tes flots de lumière ; alors l'aurore couronnée de
roses célestes ne viendra plus ceinte
d'un de tes rayons annoncer ton
réveil. Jouis cependant de ta carrière. L'homme seul ne jouit point
de ses jours. Si quelquefois il lui
est permis de voyager au milieu
des bosquets et des riantes prairies
du printems, il n'en doit pas moins
redouter sans cesse l'air enflammé
de la canicule et les glaces mortelles
de l'hiver.

22 janvier.

Ainsi va le monde, mon cher
ami. — J'étais devant le feu de ma
cuisine, autour duquel plusieurs
paysans des environs venaient de

se réunir pour se chauffer, se racontant tour-à-tour leurs histoires
et leurs vieilles aventures, lorsque
je vis entrer une jeune fille qui
paraissait dans la misère et transie
de froid ; elle se tourna vers le
jardinier et lui demanda l'aumône
pour la pauvre vieille. Tandis qu'elle
se réchauffait au foyer, on lui pré-
parait des fagots et deux pains bis ;
elle les prit et s'en fut en nous faisant la révérence. Je sortis aussi ,
et sans m'en apercevoir, je suivis
ses pas sur la neige. Arrivée devant
un monceau de glace, elle s'arrêta
et parut chercher des yeux un autre
sentier ; en ce moment je la rejoi-
gnis : « Allez-vous loin bonne fille ?
lui dis-je. — A un demi-mille ; tout
au plus, Monsieur, me répondit-
elle. — Il me semble que ces fagots

vous chargent trop ; laissez-moi en prendre un. — Les fagots ne me sembleraient pas si lourds, si je pouvais les maintenir sur mon dos avec mes deux bras ; mais ces pains m'embarrassent. — Eh ! bien donc, je me chargerai des pains. » Elle ne répondit rien, mais devint toute rouge et me présenta les pains, que je mis sous ma redingotte. Au bout d'un moment nous entrâmes dans une mauvaise cabane, au milieu de laquelle était assise une petite vieille ; ses coudes étaient appuyés sur ses genoux, et elle étendait les mains sur une chaufferette pleine de braise placée entre ses jambes. « Bonjour, bonne mère. — Bonjour. — Comment vous portez-vous, bonne mère ? » Cette question fut suivie de dix autres ; mais il me fut

impossible d'obtenir une seule réponse. Uniquement occupée de se
chauffer les mains, elle levait seulement les yeux de tems en tems
pour regarder si nous étions partis.
Nous déposâmes enfin nos petites
provisions; et nous eûmes beau lui
dire adieu et lui promettre de re-
venir le lendemain, nous ne pûmes
obtenir de la vieille qu'un bonjour
bien sec, et qui semblait arraché
par nos importunités.

En revenant à la maison, la jeune
villageoise me raconta que cette
femme, âgée de plus quatre-vingts
ans, traînait une existence misérable et se voyait même souvent
en danger de mourir de faim, lorsque les mauvais tems empêchaient
les paysans de lui apporter leurs
aumônes, mais qu'elle n'en tenait

pas moins à la vie, et marmottait sans cesse des prières pour demander au ciel la prolongation de ses jours. J'ai su depuis des anciens du village que le mari de cette femme était mort d'un coup de fusil, il y avait nombre d'années, lui laissant des fils et des filles ; qu'elle s'était vue ensuite entourée de gendres, de belles-filles et d'arrières-petits fils, qui tous avaient péri successivement sous ses yeux dans l'année mémorable de la famine.—Eh! bien, mon ami, ni les malheurs passés, ni les maux présens ne peuvent la tuer, et elle désire encore de prolonger une vie qu'elle a traversée d'un bout à l'autre comme une mer de douleurs.

Ainsi donc, grand Dieu! des

peines si cruelles assiègent notre existence, que pour la conserver il ne faut rien moins qu'un instinct aveugle et tout-puissant qui nous force souvent, quoique la nature nous présente les moyens de nous délivrer de la vie, à l'acheter par la douleur, par l'infamie et même par le crime.

————

A Thérèse.

9 février.

JE suis toujours avec ton image; voilà déjà cinq jours que je n'ai pu te voir, et toutes mes pensées te sont consacrées, à toi seule, à toi qui verses la consolation dans mon cœur. Il est vrai, je ne puis te rendre heureuse. Ce caractère,

dont je te parle si souvent, me
conduira de malheurs en malheurs
jusqu'au tombeau. Je ne puis te
rendre heureuse....... et je disais ce
matin à ton père qui était assis près
de mon lit , et qui me plaisantait
de ma mélancolie, je lui disais,
que loin de toi il n'est pas pour
moi dans cette triste vie un seul
jour de plaisir et de bonheur. Tout
n'est ici-bas qu'illusion, ma douce
amie ! et quand ce songe enchanteur finira pour moi , quand les
hommes et le sort t'enleveront à
mes yeux , alors je ferai tomber le
rideau. Tous ces vains fantômes
qui auront joué jusqu'au bout dans
ma comédie, la gloire, la science,
la jeunesse , la fortune ne seront
plus d'aucun prix pour moi ; je
ferai tomber le rideau et je lais-

serai les hommes se tourmenter
pour fuir les maux d'une vie qui
se raccourcit à chaque minute, et
que ces infortunés s'efforcent de regarder comme immortelle. Adieu !
adieu ! minuit vient de sonner :
malgré mon rhume je me suis mis ,
bien couvert de ma redingote, auprès de la cheminée dont la flamme
était expirante ; je voulais répondre à ma mère en deux mots, et
sans m'en apercevoir, j'ai écrit
une lettre qui n'en finit pas ; et
comme celle-ci toute pleine de mélancolie. Quelle différence avec
mon billet d'hier ! (1) Il était aussi
gai que le sourire de la petite Isabelle ; et maintenant, si je voulais

---

(1) Ce billet, ainsi que plusieurs autres lettres,
ne s'est pas retrouvé. (*Note de l'Editeur.*)

continuer, c'est en vain que je ten-
terais d'écarter mes tristes pressen-
timens. Bonne nuit donc. — Ciel !
je suis glacé. Le feu m'a quitté,
lorsqu'il s'est aperçu que je ne
me préparais pas à l'abandonner
de sitôt.

3 avril.

QUAND l'ame est entièrement ab-
sorbée dans une sorte de béati-
tude, nos faibles facultés étouf-
fées sous l'excès du plaisir deviennent pour ainsi dire stupides,
muettes et incapables d'agir. Je
t'écrirais un peu plus souvent si je
ne menais pas la vie d'un bienheu-
reux. Quand le malheur aggrave le
fardeau de la vie, nous courons
verser nos maux dans le sein de

quelque infortuné, qui se console
par la pensée qu'il n'est pas seul
condamné à répandre des larmes.
Mais si quelque éclair de bonheur
vient à briller pour nous, nous
renfermons tout en nous-mêmes,
dans la crainte de diminuer notre
trésor en le partageant, et si nous
en usons autrement, c'est tout sim-
plement notre orgueil qui nous
pousse à faire un vain étalage de
notre triomphe. D'ailleurs on ne
ressent qu'une faible passion, de
quelque nature qu'elle soit, lorsqu'on sait la peindre avec tant
d'exactitude.

Cependant toute la nature rede-
vient belle....... aussi belle qu'elle
parut sans doute, lorsque sortant
pour la première fois de l'informe
abîme du chaos, elle envoya de-

vant elle la riante Aurore du printems ; et que cette jeune divinité
dénouant vers l'Orient sa blonde
chevelure , et ceignant peu-à-peu
l'univers de son voile brillant , ré-
pandit avec abondance ses fraîches
rosées, et réveilla le souffle vierge
encore du zéphir , pour annoncer
aux fleurs , aux nuages , aux ondes
et à tous les êtres qui la saluaient,
la présence du soleil ; du soleil !
image sublime de Dieu ; du soleil !
ame et flambeau du monde.

———

6 avril.

Il est malheureusement trop
vrai ! ma fantasque imagination me
dépeint le bonheur que je désire
sous les couleurs de la réalité ; elle
se place sous mes yeux ; je vais l'at-

teindre; encore quelques pas.... et
puis.... Mon triste cœur voit évanouir cette douce image, et la
pleure comme s'il venait de perdre
un bien depuis long-tems en son
pouvoir; mais après tout... — Il
écrit que les intrigues du barreau
sont la première cause de son retard; et qu'ensuite la révolution
a interrompu pendant quelque
tems le cours des tribunaux. Ajoute
encore l'intérêt qui étouffe toute
autre passion, un nouvel amour,
peut-être... — Mais diras-tu,
qu'importe tout cela? Rien, cher
Lorenzo; à Dieu ne plaise que je
veuille me prévaloir de la froideur
d'Edouard; mais je ne sais comment il peut se résoudre à rester
éloigné un seul jour de plus! — Ne
chercherai-je donc à m'entourer

d'illusions que pour boire à longs
traits le breuvage mortel que je
me serai moi-même préparé ?

———

ELLE était assise sur un sopha, devant la fenêtre qui donne sur les collines, et elle regardait les nuages qui
traversaient l'immensité du ciel.
« Voyez, me dit-elle, cet azur sans
bornes ! » J'étais auprès d'elle dans
le plus profond silence, les yeux
fixés sur sa main qui tenait un petit
livre à moitié fermé. — Je ne
voyais rien.... et déjà la tempête
commençait à mugir, déjà le vent
fougueux du nord courbait vers la
terre les arbres faibles encore.
« Pauvres arbrisseaux ! s'écria Thérèse. » Je sortis tout-à-coup comme

d'un profond sommeil. Les ténèbres de la nuit s'épaississaient, et les éclairs les rendaient encore plus sombres. Il pleuvait à torrens... Le tonnerre mugissait. — Un instant après les fenêtres étaient fermées, et j'aperçus de la lumière dans l'appartement. Le domestique, pour faire son devoir comme de coutume, et dans la crainte de l'orage, était venu nous ravir le spectacle de la nature en fureur; et Thérèse, enfoncée dans une vague rêverie, ne s'en aperçut pas et le laissa faire.

Je lui ôtai le livre des mains; et l'ouvrant au hasard, je lus ce qui suit :

« Là tendre Glycère a exhalé » sur mes lèvres le dernier soupir! » J'ai tout perdu avec Glycère. Sa

» fosse est le seul espace de terre
» que je daigne regarder comme à
» moi. Moi seul au monde j'en con-
» nais la place. Je l'ai couverte de
» buissons de roses qui poussent
» des fleurs aussi fraîches qu'était
» autrefois son visage, et qui ré-
» pandent la douce odeur que je
» respirais sur son sein. Chaque
» année, dans le mois des roses, je
» visite ce bosquet sacré. Assis sur
» ce tertre qui couvre ses précieux
» restes, je cueille une de ces fleurs,
» et je dis en gémissant : Jadis tu
» brillais du même éclat ! J'ef-
» feuille cette rose, je la disperse
» sur la tombe, et je me souviens du
» songe enchanteur de nos amours.
» O ma Glycère! où es-tu ?... Mes
» larmes arrosent le gazon qui croît
» sur ta sépulture ; puissent-elles

» consoler l'ombre de mon amie. »

Je m'arrêtai. « Pourquoi ne lisez-vous plus ? » me dit-elle avec un sourire, et en jetant sur moi un doux regard. Je voulus reprendre ma lecture, mais je retombai sur ces mêmes paroles : *Jadis tu brillais du même éclat !* Ma voix suffoquée vint mourir sur mes lèvres ; une larme de Thérèse tomba sur ma main qui serrait tendrement la sienne.

17 avril.

Te souviens-tu de cette jeune personne qui habitait il y a quatre ans au pied de ces collines ? elle aimait notre cher Olivo L***, et tu sais que le pauvre malheureux ne put l'obtenir en mariage. Je l'ai revue aujourd'hui ; elle est ma-

riée à un noble, parent de la famille
T***. En allant dans ses biens, elle
s'est détournée pour voir Thérèse.
J'étais assis par terre, suivant at-
tentivement des yeux les doigts de
la petite Isabelle qui copiait l'al-
phabet sur une chaise dont j'avais
fait une table à cette aimable enfant. Apercevoir Mme ***, me lever subitement, courir au-devant
d'elle pour l'embrasser; tout cela
fut l'affaire d'une seconde ; mais
qu'elle est changée! Contrainte,
embarrassée, elle s'arrêta, eut
d'abord l'air de ne pas me reconnaître, et joua ensuite l'étonnement en marmottant un long com-
pliment dont la moitié était pour
moi, et l'autre pour Thérèse... Je
parierais même qu'elle l'avait appris par cœur, et que mon appa-

rition inattendue mit sa mémoire
en défaut ; elle ne parla que de
bijoux, de rubans, de colliers, de
chapeaux. Fatigué de toutes ces ba-
gatelles, je voulus éprouver son
cœur en lui rappelant cette campagne et ces jours heureux... « Ah!
ah! répondit-elle en m'écoutant à
peine, » et elle continua d'anato-
miser le travail ultramontain de
ses pendans d'oreilles. Le mari cependant vantait le mérite de ces
niaiseries et le bon goût de sa
femme dans un pur toscan enrichi
de mille phrases françaises ; car il
faut que tu saches que ce brave
homme à escroqué le renom de
savant parmi le peuple immense
des pygmées, à-peu-près comme
Algarotti et N***... J'allais prendre
mon chapeau ; mais un coup-

d'œil de Thérèse me fit rester à
ma place. La conversation vint de
point en point à tomber sur les
ouvrages que nous lisions à la campagne. Alors tu aurais entendu le
personnage nous débiter le pané-
gyrique de l'immense bibliothèque
de ses ancêtres , et de la collection
de tous les historiens anciens qu'ils
avaient pris soin de compléter dans
leurs voyages. Enfin, Dieu daigna
permettre qu'un domestique, en-
voyé à la recherche de M. T***,
vint avertir Thérèse qu'il ne l'a-
vait pu trouver, et que son maître
était allé chasser dans les montagnes ; le mari fut obligé malgré lui
d'interrompre son discours, et je
demandai à la femme des nouvelles
d'Olivo que je n'avais pas revu depuis ses malheurs. Imagine si tu

peux ce que je devins quand j'entendis celle qu'il aimait autrefois,
me répondre froidement : « Il est
mort. — Il est mort ! m'écriai-je en
sautant en arrière, et la regardant
avec des yeux de stupéfaction. »
J'ai peint depuis à Thérèse l'excellent caractère de ce jeune homme
sans pareil, et je lui ai raconté
par quelle affreuse destinée il fut
forcé de lutter contre la pauvreté
et l'infamie. Il est mort cependant
sans tache et sans reproche.

Le mari se mit alors à nous raconter la mort du père d'Olivo,
les prétentions de son frère aîné,
les contestations qui s'ensuivirent,
contestations toujours plus vives
entre deux frères, et enfin la sentence des tribunaux, qui, ayant à
prononcer entre les enfans d'un

même père , dépouillèrent l'un pour enrichir l'autre ; et c'est ainsi que le pauvre Olivo vit la chicané dévorer le peu qui lui restait. Le narrateur moralisait sur ce jeune homme extravagant , disait - il , qui refusa les secours de son frère , et l'excita de plus en plus.... au lieu de se le rendre favorable..'... Il a bien fait , dis - je en l'interrompant ; parce que son frère s'est montré injuste , Olivo ne devait pas descendre à des lâchetés. Malheureux celui qui ferme son cœur aux conseils et à la commisération de l'amitié , qui dédaigne les consolations de la pitié , et rejette les faibles secours que la main d'un ami lui présente ! Mais plus malheureux mille fois , celui qui s'abandonne à l'amitié du riche , qui croit trouver la vertu dans l'homme qui n'a jamais cennu la douleur, et qui reçoit un bienfait qu'il lui faudra payer dans la suite par de basses complaisances. La félicité ne se réunit avec le malheur que pour acheter la reconnaissance et tyranniser la vertu. Celui qui veut opprimer profite des caprices de la fortune, pour acquérir un droit de souveraineté. Les seuls infortunés savent réparer les fautes du sort, en se donnant de mutuelles consolations ; mais celui qui consent à s'asseoir à la table du riche, s'aperçoit tôt ou tard

Come sa di sale
Lo pane altrui (1),

et combien il est moins doulou-

---

(1) Combien est amer le pain de l'étranger.
LE DANTE.

reux d'aller mendier sa vie de porte
en porte, que de s'humilier devant
le bienfaiteur indiscret qui se plaît
à vous faire rougir, ou que de mau-
dire celui dont l'orgueilleuse muni-
ficence exige en retour le sacrifice
de votre liberté!

« Mais vous ne m'avez pas laissé
finir, reprit le mari. Si Olivo est
sorti de la maison paternelle, aban-
donnant tous ses droits à son frère
aîné, pourquoi a-t-il voulu payer
ensuite les dettes de son père? N'a-
t-il pas couru de lui-même au-devant de l'indigence, en livrant,
pour satisfaire à une ridicule déli-
catesse, jusqu'à la portion qui lui
revenait de la dot de sa mère?

— Pourquoi?.... si l'héritier
avait fraudé les droits des créan-
ciers par les subterfuges de la chi-

cane, Olivo devait-il souffrir que
la mémoire de son père fût maudite
par ceux qui l'avaient secouru de
tous leurs moyens, lorsqu'il était
dans l'adversité ? Olivo pouvait-il
supporter qu'on le montrât au doigt
dans les rues comme le fils d'un
banqueroutier ? Cette générosité
a diffamé l'aîné qui, après avoir
vainement tenté son frère par de
belles promesses, lui a juré ensuite
une haine implacable et vraiment
fraternelle. Cependant ceux mêmes
qui dans le secret de leur cœur don-
naient des éloges à Olivo, lui reti-
rèrent leurs secours, parce qu'il
était resté honnête homme ; car il
est plus facile d'approuver la vertu
que de la défendre, et sur-tout que
de l'imiter. Aussi l'homme de bien
trouve toujours sa ruine au milieu

des méchans; nous sommes accoutumés à nous joindre au plus fort, à fouler aux pieds celui qui est déjà par terre, et à juger d'après l'événement.

« Au lieu de plaindre Olivo, je rends grâces au Dieu puissant qui l'a enlevé du milieu de tant de perversité, et qui l'a arraché à notre propre faiblesse. Il est certains hommes qui n'ont rien à attendre que de la mort, parce qu'ils ne peuvent s'accoutumer à l'air contagieux de nos crimes. »

La femme paraissait attendrie. « C'est cruel! s'écria-t-elle, avec un soupir affecté. Mais aussi... quand on n'a pas de pain, il ne faut pas se montrer si ridicule sur le point d'honneur. »

« Blasphême inconcevable! m'é-

criai-je à mon tour. Voudriez-vous
donc être seuls vertueux, parce
que vous êtes favorisés des dons
de la fortune ? Et parce que les
doux rayons de la vertu ne pénè-
trent pas les replis de vos ames,
voudriez-vous encore l'étouffer
dans le cœur des malheureux qui
n'ont pourtant pas d'autre consolation; et prétendez-vous ainsi donner le change à votre conscience?
« Les regards de Thérèse semblaient m'encourager, je pour-
suivis. » Ceux qui n'ont jamais
ressenti les coups du sort, ne sont
pas dignes de leur félicité. Orgueilleux! ils ne jettent les yeux sur l'infortune que pour l'insulter. Ils
prétendent que tout doit s'immo-
ler à la richesse et au plaisir; mais
l'infortuné qui conserve sa dignité,

est un grand exemple de courage
pour les bons, et un reproche
éternel pour les méchans.» Je criais
comme un enragé.... et je sortis
presqu'en fureur. Grace aux premiers événemens de ma vie, j'ai
connu le malheur! Sans tes leçons,
cher Lorenzo, je ne serais peut-
être pas ton ami; je ne serais peut-
être pas l'ami de cette fille charmante. — J'ai encore sous les yeux
l'aventure de ce matin. Ici... où je
suis seul, entièrement seul, je regarde autour de moi, et je crains
d'y rencontrer les yeux de quelqu'ami faux et trompeur. Qui l'aurait jamais dit? Le cœur de cette
femme n'a point palpité au souvenir de ses premières amours! Elle
a même osé troubler les cendres
de celui qui, pour la première

fois, fit entrer dans son ame le
plus doux sentiment de la vie! Et
pas un soupir!... Mais quelle extra-
vagance! Faut-il s'affliger de ne
pas rencontrer chez les hommes
cette vertu qui n'est peut-être,
hélas! qu'une chimère...

Je n'ai pas l'ame noire, et tu le
sais, cher Lorenzo; dans ma première jeunesse j'aurais répandu
des fleurs sur la tête de tous les
humains. Qui m'a rendu si froid,
si soupçonneux à l'égard de la plu-
part d'entr'eux; qui, si ce n'est
leur propre perfidie? Je leur par-
donnerais encore tous les maux
qu'ils m'ont faits; mais quand je
vois la pauvreté respectable qui
s'épuise et s'exténue pour servir
la fortune toute puissante; quand
je vois tant d'hommes malades,

emprisonnés, mourant de faim, et tous courbés sous le terrible fléau de certaines lois.... Non, non, je ne saurais pardonner. Alors je crie vengeance avec cette foule de malheureux dont je partage les douleurs, et je brûle de redemander en leur nom la portion d'héritage que leur a laissée la nature, mère impartiale et bienfaisante.

Oui, Thérèse, je vivrai avec toi, mais avec toi seule ; tu es du petit nombre de ces anges épars çà et là sur la face de la terre, pour faire croire à la vertu, et verser dans l'ame de ceux qui souffrent l'amour de l'humanité. Mais si je te perdais, quel moyen de fuir ne saisirait pas un infortuné dégoûté du reste du monde ?

Si tu l'avais vue, il n'y a qu'un

moment, me serrer la main, en me disant : « En vérité ces deux honnêtes personnes m'ont paru touchées ; mais si Olivo n'avait pas été malheureux, il n'aurait donc pas conservé un ami au-delà du tombeau ? »

« Hélas ! reprit-elle, après un long silence, pour aimer la vertu, il faut donc vivre dans la douleur ? » — Lorenzo, Lorenzo, son ame céleste animait du plus brillant éclat les traits de son visage!...

———

29 avril.

PRÈS d'elle je suis si pénétré du sentiment de l'existence, que je me sens à peine exister. Ainsi, lorsque je me réveille après un sommeil paisible, et qu'un rayon de soleil vient frapper ma paupière, ma vue reste éblouie et se confond dans un torrent de lumière.

Je me plains depuis long-tems de l'inertie qui consume ma vie. Je m'étais promis d'étudier la botanique à l'entrée du printems, et en moins de quinze jours j'avais déjà récolté quelques centaines de plantes; mais en vérité je ne sais plus où elles sont. J'ai tant de fois oublié mon Linnée sur les bancs du jardin, ou au pied de quelque arbre, que j'ai fini par le perdre. Hier Michel m'en a rapporté deux feuilles tout humides de rosée, et ce matin il me racontait que le reste avait été fort mal arrangé par le chien du jardinier. Thérèse me gronde : pour la contenter je

prends le parti d'écrire; mais je
commence avec les plus belles
intentions du monde, et je ne
puis aller au-delà de trois lignes.
Mille sujets se présentent, mille
idées se pressent dans ma pensée.
Je choisis, je rejette, puis je choisis encore : enfin, j'écris, j'efface
je déchire, et c'est ainsi que je
perds quelquefois tout le jour.
Mon esprit se fatigue, mes doigts
laissent tomber la plume, et j'en
suis quitte pour la perte de tems
et pour l'ennui.

Quelle sotte figure je fais lorsqu'elle travaille et que je lis auprès d'elle! Je m'interrompts à
chaque instant; elle me dit de
poursuivre: je reprends ma lecture; mais au bout de deux pages
ma prononciation devient plus ra-

pide et se termine par une espèce de murmure cadencé. Thérèse s'impatiente. « Lisez un peu mieux, me dit-elle. » Je veux continuer, et mes yeux, par je ne sais quel enchantement, s'éloignent insensiblement du livre, et se fixent comme en extase sur cette figure angélique. Je me tais ; le livre tombe et se ferme ; je ne sais plus où j'en suis, et il m'est impossible de reprendre ma lecture.

Cependant..... si je pouvais rendre toutes les pensées qui me passent par la tête! J'en écris souvent sur les feuilles et les marges de mon Plutarque.—J'ai commencé l'histoire de Laurette, pour faire voir, par le sort de cette infortunée, comme dans un miroir, la fatalité qui poursuit les mortels. Je t'en-

voie le peu que j'en ai déjà tracé,
et je te souhaite par là dessus toutes
sortes de prospérités.

Fragment de l'histoire de Laurette.

« Je ne sais si le ciel s'occupe de
» la terre ; mais s'il y a pensé quel-
» quefois (ne fût-ce que le premier
» jour où la race humaine com-
» mença à se reproduire), je crois
» qu'il a écrit dans le livre des
» destins éternels :

L'homme sera malheureux.

» Je n'ose appeler d'une telle sen-
» tence ; je ne saurais d'abord à
» quel tribunal m'adresser, et puis
» j'aime à croire qu'elle est néces-
» saire à cette multitude de créa-

» tures qui habitent l'immensité
» des mondes. Néanmoins je rends
» grace à cet esprit souverain qui
» se mêle à la foule des êtres, et
» leur donne sans cesse une nou-
» velle existence en les agitant. Au
» milieu de nos misères, cet esprit
» bienfaisant ne nous a-t-il pas ac-
» cordé le don des pleurs, et n'a-
» t-il pas puni ceux qui veulent
» se révolter avec une insolente
» philosophie contre le sort de
» l'humanité, en leur refusant les
» douceurs inépuisables de la pitié.
» — *Si tu vois quelqu'un dans la*
» *douleur et dans les larmes,*
» *garde-toi de pleurer* (1). Stoï-
» cien ! ne sais-tu pas que les
» larmes de l'homme compâtis-

_____

(1) Epictète.

» sant sont plus douces pour l'in-
» fortuné, que la rosée pour
» l'herbe flétrie?

» O Laurette! j'ai pleuré avec
» toi sur la tombe de ton malheu-
» reux amant, et je me souviens
» que ma pitié adoucissait l'amer-
» tume de ta douleur. Lorsque je
» te pressais sur mon sein, tes
» blonds cheveux me couvraient
» le visage, tes pleurs humectaient
» mes joues; j'essuyais les larmes
» qui s'échappaient par torrens de
» tes paupières, et coulaient sur
» tes lèvres décolorées. — Aban-
» donnée par l'univers entier...
» moi seul, moi seul je ne t'aban-
» donnai jamais.

» Lorsque plongée dans un pro-
» fond égarement, tu errais sur les
» plages désertes de la mer, je

» suivais secrètement tes pas pour
» t'arracher à la douleur et te
» sauver de ton désespoir. Je pro-
» nonçais ton nom ; tu me tendais
» la main et tu marchais à mes
» côtés. La lune montait dans le
» ciel ; tes regards la suivaient et tu
» chantais tristement... Spectacle
» ridicule aux yeux des hommes !
» mais le consolateur des affligés,
» qui regarde du même œil et la
» sagesse et la folie, qui compâtit
» également aux crimes et aux
» vertus de l'humanité, écoutait
» sans doute tes tristes prières et
» faisait descendre dans ton ame
» quelque soulagement. Les vœux
» de mon cœur t'accompagnaient ;
» le ciel entend les vœux, il ac-
» cepte les sacrifices de la douleur.
» — Assis sur le rivage de la mer,

» nous voyions le zéphir en rider
» la surface, et les flots qu'il
» poussait à nos pieds semblaient
» expirer avec un gémissement
» plaintif. Tu te levais appuyée sur
» mon bras, tu marchais vers le
» rocher, où tu croyais encore
» voir ton Eugénio, entendre sa
» voix, saisir sa main, et recevoir
» ses.... derniers baisers. — Que
» me reste-t-il à présent! t'écriais-
» tu dans ton désespoir; la guerre
» a éloigné mes frères, la mort
» m'a ravi mon père et mon
» amant; je suis seule dans l'uni-
» vers!....

» Beauté! bienfait du ciel! à ton
» aimable sourire la joie renaît, la
» volupté se répand sur la nature
» pour en éterniser l'existence ;
» qui ne te connaît pas est dégoûté

» du monde et de lui-même. Mais
» quand la vertu te rend plus res-
» pectable et plus chère, quand
» le malheur t'enlève le courage,
» étouffe l'envie qui suit toujours
» la félicité, et te montre aux
» mortels les cheveux épars sans
» tresses et sans guirlandes... qui
» peut te voir et ne laisser tomber
» sur toi qu'un vain regard de
» pitié!

» Mais je t'offrais, ô Laurette!
» mes larmes et cette cabane: tu
» aurais partagé mon pain; nous
» nous serions désaltérés dans la
» même coupe. Tout ce que j'avais
» enfin était à toi. Avec moi peut-
» être ta vie, sans être heureuse,
» aurait coulé du moins dans les
» douceurs de la paix et de la
» liberté. Le cœur finit par oublier

» ses peines dans le calme de la re-
» traite ; car l'empire de la liberté
» n'est que dans le sein de la na-
» ture, dans la simplicité de la so-
» litude. Et partout où tu règnes,
» ô liberté ! les rochers les plus
» sauvages se couvrent de fleurs,
» et le vent du nord retient son
» haleine impétueuse.

» Un soir, c'était dans l'automne,
» la lune cachait son disque argenté
» sous les nuages, et ces voiles tour-
» à-tour obscurs et transparens lais-
» saient à peine quelques faibles
» rayons tomber sur la terre ; les
» étoiles avaient disparu de la voûte
» céleste. Nous regardions les feux
» des pêcheurs, et nous prêtions
» une oreille attentive aux chants
» des gondoliers, dont la voix
» rompait seule, avec le bruit des

» rames, le silence et le calme de la
» nature. Tout-à-coup Laurette se
» retourne ; elle cherche des yeux
» son petit chien, et s'éloigne en
» l'appelant jusqu'à une assez lon-
» gue distance. Fatiguée de ses re-
» cherches, elle revient à l'endroit
» où j'étais assis ; et me jette un
» regard qui semblait vouloir dire :
» Il m'a aussi abandonnée ; et toi
» peut-être?...

   » Moi! — Qui l'eût jamais dit?
» Cette soirée était la dernière
» que nous devions passer ensem-
» ble. Une robe blanche dessinait
» sa taille, un ruban bleu céleste
» retenait sa chevelure, et trois
» violettes flétries se détachaient
» sur le fichu qui captivait les con-
» tours de son sein. — Je l'avais
» accompagnée jusqu'à la porte de

» sa cabane ; et sa mère en venant
» nous ouvrir m'avait remercié des
» soins que je donnais à sa fille in-
» fortunée. Lorsque je fus seul, je
» m'aperçus que j'avais oublié
» de lui rendre son mouchoir. Je
» le rapporterai demain, me di-
» sais-je.

» Le sentiment de ses maux com-
» mençait à s'adoucir, et peut-être
» serais-je parvenu... — Je l'avoue,
» il n'était pas en mon pouvoir de
» te rendre ton Eugénio ; mais tu
» aurais retrouvé en moi un père,
» un époux, un frère. Nos tyrans
» ont tracé mon nom tout-à-coup
» sur la liste de proscription, et
» je n'ai pu ; ô Laurette, te dire
» un dernier adieu.

» Tour-à-tour je songe à l'ave-
» nir, et je détourne mes regards

» du tableau qu'il me présente ; je » frémis, et je m'abandonne au sou- » venir des jours qui ne sont plus ; » je m'égare sous les arbres de » cette vallée solitaire ; je me rap- » pelle les rivages de la mer, les » feux des pêcheurs, et le chant » des gondoliers. Je m'appuie sur » un tronc d'arbre... Je dis au fond » de mon cœur: « Le ciel me l'avait » accordée, et la fortune ennemie » l'enlève à mes vœux ! » Je prends le mouchoir qu'elle m'a laissé, « et je m'écrie : Malheureux celui » qui n'aime que par ambition ! » mais ton cœur, ô Laurette ! était » formé par la simple nature. » J'essuie mes yeux mouillés de larmes, et je rentre avec la nuit dans mon asile.

« Que fais-tu cependant ? tu

» erres sur la plage déserte, et tu
» offres au ciel tes cantiques et tes
» larmes. — Viens! tu cueilleras
» les fruits de mon jardin; tu par-
» tageras mon pain, tu te désalté-
» reras dans ma coupe. Si ton chien
» se retrouve, j'aurai soin qu'il ne
» s'écarte plus dans la campagne.
» Quand le souvenir de tes maux
» se réveillera dans ton cœur,
» quand ton ame sera vaincue par
» la douleur, je soutiendrai tes pas
» chancelans, et si tu t'égares, je
» te guiderai jusqu'à ma chaumière;
» mais je ne te suivrai qu'en si-
» lence; je te laisserai sans trou-
» ble goûter le charme des pleurs.
» Je te servirai de père, de frère!
» mais mon cœur... Ah! si tu pou-
» vais lire jusqu'au fond de mon
» cœur! — Une larme tombe sur

» le papiér, elle efface les mots
» que je trace.

» Je l'ai vue dans tout l'éclat de
» la jeunesse et de la beauté ; je l'ai
» vue depuis trahie, fugitive, orphe-
» line ; je l'ai vue baiser les lèvres
» mourantes de son unique consola-
» teur ; je l'ai vue tomber aux genoux
» de sa mère, et la supplier en ver-
» sant des torrens de larmes de re-
» tirer la malédiction que dans les
» jours de sa colère cette mère
» infortunée avait lancée contre sa
» fille. — Ainsi la pauvre Laurette
» a laissé pour jamais dans mon
» ame le souvenir déchirant de ses
» malheurs. Précieux héritage que
» je partagerai maintenant avec
» vous tous que le sort poursuit....
» avec vous à qui il ne reste pour
» refuge que l'amour de la vertu,

» et la pitié qu'elle inspire ! Vous
» ne me connaissez pas encore ;
» mais, je le jure, qui que vous soyez,
» je suis pour jamais votre ami. »

» Un jour, peut-être, un jour, si
» ces feuilles que je consacre au
» souvenir de tes infortunes tom-
» bent sous les yeux de celui qui,
» sans pitié pour ta beauté, pour
» ta jeunesse, t'a arrachée de la
» maison paternelle, et t'a ravie la
» fleur de l'innocence, ah ! sans
» doute, dévoré de remords, il ne
» pourra refuser une larme à ta
» vertu, à ta vertu, qui t'a rendue
» si malheureuse. Eh ! que peut la
» vertu quand le destin la désigne
» pour victime ? — Mais toi, Lau-
» rette, en vain ta raison égarée a
» laissé ton cœur sans défense, tu
» n'aimeras jamais l'homme qui t'a

» trompée. En proie à l'humilia-
» tion ; tu dédaigneras le soutien
» de la main coupable qui t'a traî-
» née dans le sentier de la douleur.
» Ses bienfaits te souilleraient plus
» encore que ses crimes. Le seul
» qui pût te consoler était Eugé-
» nio... mais Eugénio... »

———

4 mai.

As-tu vu quelquefois après un
jour d'orage un brillant rayon de
soleil percer les nuages dorés de
l'Orient et consoler la nature ?
Telle est pour moi la vue de cette
fille charmante. J'étouffe mes désirs, je condamne mes espérances,
je déplore mon erreur ; non je ne
veux plus la voir, je ne veux
plus l'aimer : une voix secrète
fait retentir au fond de mon ame

le nom de corrupteur ; c'est la
voix de son père ! Je m'indigne
contre moi-même, et je sens dans
mon cœur l'aiguillon d'une vertu
salutaire, le repentir... Me voilà
donc inébranlable dans ma résolution, plus inébranlable que jamais ; mais bientôt... à la vue de
ses traits charmans, mes illusions
reparaissent, mon ame n'est plus
la même, elle oublie ses généreuses
résolutions ; je contemple la beauté
de cet objet enchanteur, et mon
cœur s'enivre de toutes les délices
du paradis.

8 mai.

*Elle ne t'aime pas, et quand son
cœur l'entraînerait vers toi, son devoir lui impose une loi contraire.*

Tu as raison, Lorenzo ; mais si je consentais à arracher le bandeau qui couvre mes yeux, il me faudrait les fermer d'un sommeil éternel. Privé de ce flambeau céleste, la vie ne serait pour moi qu'un sujet de terreur, le monde qu'un affreux chaos, la nature qu'une nuit obscure, un horrible désert. Au lieu d'éteindre les lumières qui éclairent la scène, au lieu de désenchanter désagréablement les spectateurs, ne vaut-il pas mieux faire tomber la toile toute entière et leur laisser les charmes de l'illusion. *Mais*, me dis-tu, *si l'illusion est dangereuse ?* eh ! qu'importe ? si pour me l'enlever il faut me donner la mort.

Un dimanche j'entendais le curé réprimander ses paroissiens, de

s'abandonner à l'ivresse. Il ne s'a-
percevait pas qu'il ôtait à ces malheureux la ressource de noyer dans
le vin les fatigues de la journée,
d'adoucir l'amertume de leur pain
trempé de sueurs et de larmes, et
d'oublier les rigueurs du froid et
de la faim dont l'hiver voisin les
menace.

———

11 mai.

Sans doute ce globe et l'espèce
d'hommes querelleurs qui l'habite,
sont nécessaires aux desseins secrets
de la Providence ; et pour pourvoir
à la conservation de tous , au lieu
de les lier par une fraternité réci-
proque, elle a donné à chacun d'eux
un tel amour de lui-même , qu'il
consentirait volontiers à la dépo-

pulation de l'univers, pour être plus sûr de sa propre existence, et pour rester despote solitaire du monde entier. Nulle génération n'a goûté dans son cours les douceurs d'une paix continuelle : la guerre fut toujours l'arbitre des droits, et la force a régné sur tous les siècles. Ainsi l'homme, ouvertement ou dans le silence, est toujours l'implacable ennemi de l'humanité ; et lorsqu'il se conserve par toutes sortes de moyens, il ne fait que servir les vues de la nature, qui veut l'existence de l'espèce entière : et c'est ainsi que le genre humain se conserve et se propage, tout en se dévorant lui-même perpétuellement. — Ecoute maintenant.

J'ai accompagné ce matin Thérèse et sa petite sœur chez une

dame de leur connaissance , qui
est venue passer quelque tems à la
campagne ; je croyais dîner avec
elle , mais par malheur depuis la
semaine dernière je m'étais engagé
chez le chirurgien , et si Thérèse
ne m'en eût fait souvenir , à te dire
vrai , je l'aurais oublié. Je me mis
donc en route vers les onze heures
à-peu-près ; mais à peine à moitié
chemin le soleil me força à chercher un abri sous le feuillage d'un
olivier ; une chaleur brûlante avait
remplacé le vent hors de saison
qui soufflait hier avec furie ; et je
respirais tranquillement le frais
dans cet endroit sans songer seulement au dîner , lorsqu'en tournant la tête j'aperçus un paysan
qui me regardait de travers :
« Que faites-vous là ? me dit-il. —

Vous le voyez, je me repose.—Avez-vous des terres ? poursuivit-il en frappant rudement à ses pieds de la crosse de son fusil.—Pourquoi?...—Pourquoi ? étendez-vous sur vos prés, si vous en avez, et ne venez pas fouler l'herbe des autres : que je vous trouve ici à mon retour ! ajouta-t-il d'une voix brusque. »

Je n'avais pas remué, et il était déjà loin ; mais en réfléchissant à ses menaces, qui d'abord m'avaient peu frappé : *si vous en avez !* répétais-je. Et si la fortune n'avait pas accordé deux toises de terrain à mes aïeux, tu m'aurais donc refusé, même dans la partie la plus stérile de ton champ, le faible bienfait de la sépulture ! — L'ombre de l'olivier qui s'alongeait dans la prairie me fit enfin souvenir du dîner.

Il n'y a qu'un moment, en rentrant à la maison, j'ai trouvé sur ma porte l'homme de ce matin. « Monsieur, me dit-il, j'attendais votre retour ; j'ai peur de vous avoir irrité, et je viens vous en demander pardon.

— Remettez votre chapeau, lui dis-je, vous ne m'avez point offensé. » D'où vient donc que mon cœur est si différent de lui-même, et que dans les mêmes occasions il se montre tantôt si paisible et tantôt si prompt à s'irriter ?

Certain voyageur a dit : *Le flux et le reflux de mes humeurs est la règle de ma vie.* Peut-être un instant plutôt, n'aurais-je pas été capable de mesurer ma colère à l'insulte ?

Pourquoi donc nous livrer aveuglément au caprice de celui qui

nous offense, et permettre ainsi
qu'il nous rende la victime d'une
injure que nous n'avons pas mé-
ritée ? Mais vois - tu comme l'a-
mour - propre, toujours adroit,
toujours flatteur, essaye de relever
à mes yeux par cette pompeuse
sentence, une action dérivée peut-
être.... qui sait? dans une occasion
semblable je n'ai point usé d'une
égale modération. Il est vrai que
j'ai passé une heure entière à phi-
losopher avec moi-même ; car la
raison vient en boitant ; et le repentir est toujours tardif pour quiconque aspire à la sagesse. Il est
certain que je suis loin d'y pré-
tendre. Fils de la terre, semblable
à tant d'autres, je porte avec moi
toutes les passions, toutes les misères de mon espèce.

Le paysan ajouta : « Je vous ai fait une insulte grossière ; mais je ne vous connaissais pas. Les ouvriers qui fauchaient le foin dans la prairie voisine m'ont depuis averti de ma méprise. — C'en est assez, bon homme ; comment va la récolte cette année?—Bien.... Mais je vous en prie, mon cher Monsieur, excusez-moi, je ne vous connaissais pas. »

— Mon ami, que vous connaissiez votre monde ou non, n'insultez jamais personne ; car vous courez toujours le risque de provoquer l'homme puissant ou de maltraiter le faible : quant à moi, soyez tranquille, je ne vous en veux pas. — Que vous êtes bon, Monsieur, ajouta-t-il en s'en allant, Dieu vous le rende. »

En attendant, les maux de ma patrie deviennent plus cuisans de jour en jour. Dieu sait combien de malheureux vont traîner dans l'exil une triste existence, sans trouver même un peu d'herbe pour se reposer, ou l'ombre d'un olivier pour se garantir de l'ardeur du soleil. Le pauvre étranger ne peut même partager la roche sauvage où paissent tranquillement les troupeaux.

12 mai.

Je ne l'ai point osé; non jamais je n'en ai eu le courage.—Je pouvais l'embrasser, la serrer là sur mon cœur. Elle était endormie; le sommeil tenait fermés ses grands yeux noirs; mais les roses de son teint bril-

laient d'un éclat plus vif que jamais
sur ses joues fraîches et veloutées.
Elle reposait sur un sopha. Un de
ses bras soutenait sa tête , et l'autre
pendait mollement à ses côtés. A
la promenade , à la danse , le cœur
pénétré des doux sons de sa harpe
ou de sa voix , je l'ai adorée dans
un saint respect, comme si elle fût
à mes yeux descendue du paradis....
mais jamais , non jamais je ne la
vis aussi belle. Sa robe légère dessinait ses formes angéliques ; et je
contemplais de toutes les jouis-
sances de mon âme.... Que te di-
rai-je ? l'amour m'enflammait de
toutes ses fureurs , j'étais hors de
moi-même ; je touchais religieuse-
ment sa robe , sa chevelure par-
fumée , le bouquet de fleurs placé
dans son sein.... Oui , oui j'ai senti

battre son cœur sous cette main
devenue sacrée. Je respirais le souffle de sa bouche demi-close.... j'allais puiser la volupté sur ses lèvres
divines.... un seul baiser! et j'aurais
béni les larmes que depuis si long-
tems elle me fait répandre...—Mais
tout-à-coup je l'entendis soupirer:
je m'arrêtai comme saisi par une
main divine. Peut-être ai-je dit dans
mon cœur, me dois-tu la science
d'aimer et de souffrir? Tu cherches
peut-être un moment de sommeil,
dont j'ai privé tes nuits jadis si in-
nocentes et paisibles? Frappé de
cette idée, je me prosternai devant
elle, osant à peine respirer. —Je
m'enfuis même pour ne pas la
rappeler aux souffrances et aux
tourmens de la vie. Elle ne se plaint
pas, et son silence me paraît en-

core plus déchirant ; mais son visage toujours triste, ce regard de
pitié qu'elle laisse tomber sur moi,
l'effroi que lui cause le nom d'É-
douard, les soupirs que lui arrache
le souvenir de sa mère.... Ah ! le
ciel ne lui aurait pas donné la vie,
si elle ne devait pas être victime
de la douleur.

Dieu éternel ! existe-tu pour nous
autres mortels ? ou tes créatures ne
trouvent - elles en toi qu'un père
dénaturé ? Sans doute quand tu
envoyas la Vertu sur la terre, tu
lui donnas pour guide l'Infortune.
Mais pourquoi refuser à la jeunesse
et à la beauté la force nécessaire
pour supporter les lois d'une maîtresse aussi sévère ? J'ai élevé mes
mains vers toi dans toutes mes
peines. Jamais le murmure ni la

plainte ne sont sortis de ma bouche.
Mais hélas! pourquoi me montrer
aujourd'hui la félicité, si je dois
perdre pour toujours jusqu'à l'espérance.—Pour toujours! oh! non,
non; Thérèse est à moi, elle est à
moi toute entière; tu me l'as destinée, puisque tu m'as donné un
cœur capable de l'aimer d'un amour
immense, d'un amour éternel.

14 mai.

QUE né suis-je peintre! quel vaste
sujet se présenterait à mes pin-
ceaux! Le sentiment délicieux de
la beauté endort ou affaiblit du
moins dans le cœur de l'artiste le
pouvoir de toute autre passion.—
Oh! que ne suis-je peintre! Les
peintres et les poètes m'ont pré-

senté quelquefois la belle et même
la simple nature ; mais la nature
vaste, immense, inimitable, je ne
l'ai vue retracée nulle part. Homère, le Dante et Shakespeare,
ces trois génies privilégiés, ont
rempli mon imagination, ont enflammé mon cœur. Leurs vers ont
été mouillés de mes larmes brûlantes. J'ai adoré leurs ombres divines, et jaï cru les voir assises
sur les voûtes célestes qui doivent
survivre à l'univers et résister à
l'éternité. Quoï ! les modèles qui
sont devant mes yeux absorbent
toutes les puissances de mon ame,
et je n'oserais pas en tracer les
premiers traits ! Non, je ne l'oserais pas, Lorenzo, lors même que
Michel - Ange m'embraserait de
tout son génie ! Grand Dieu ! peux-

tu jeter un regard sur une belle
soirée de printems, sans te complaire dans l'œuvre de ta création.
Dieu consolateur, tu as versé dans
mon ame une source inépuisable
de délices ; et souvent, ingrat que
j'étais, je l'ai regardée avec indifférence.—De la cime d'une montagne, que le soleil prêt à disparaître sous l'horizon colore de
ses rayons bienfaisans, je me vois
entouré par une chaîne de collines
couvertes de moissons ondoyantes
et de vignes dont les festons se
rattachent au feuillage des ormeaux
et des oliviers. Les monticules et
les rochers lointains s'élèvent par
degrés et semblent placés en éche-
lons les uns sur les autres. Sous
mes pieds la montagne se déchire ;
elle offre à mes regards des préci-

pices noirs et sauvages , d'où paraissent monter lentement les ombres du soir. Cette ouverture effrayante ressemble à l'entrée d'un abîme. Lorsque le soleil est au milieu de sa carrière , l'air de ces lieux est raffraîchi par un bois qui domine la vallée ; les troupeaux paissent tranquillement sous cet ombrage , tandis que la chèvre capricieuse s'égare et se suspend aux flancs escarpés du rocher. Les oiseaux gazouillent des chants plaintifs comme s'ils pleuraient le jour qui va mourir ; la génisse pousse des gémissemens , et le zéphir semble se complaire dans le bruissement du feuillage. Mais vers le nord les collines se séparent , une vaste plaine présente à ma vue une étendue sans bornes. Dans les

champs les moins éloignés, on
aperçoit les bœufs qui regagnent
leur étable ; le laboureur fatigué
les suit appuyé sur son bâton ; les
mères et les épouses préparent le
repas du soir pour leurs familles
épuisées, et dans le lointain on
voit la fumée des chaumières dis-
persées dans la campagne, et des
villages dont les toits blanchissent
encore aux derniers rayons de
l'astre du jour. Le pasteur va traire
ses brebis, et la vieille qui filait à
l'entrée de la bergerie, quitte son
ouvrage pour caresser le taureau
et les petits agneaux qui bêlent
autour de leur mère. Cependant
la vue s'enfonce toujours davantage, et au bout d'une longue file
d'arbres et de prairies, elle se termine à l'horizon où tout vient s'a-

néantir et se confondre. Le soleil
avant de disparaître lance encore
quelques rayons, et ce sont comme
les derniers adieux qu'il fait à la
nature. Les nuages s'enflamment,
puis bientôt se décolorent et ca-
chent enfin leur pâleur sous les
voiles sombres de la nuit ; alors
l'étendue se perd, les ombres se
répandent sur la face de la terre ;
moi-même, comme égaré sur un
océan sans bornes, je n'aperçois
de toute part que la voûte obscure
du firmament.

Hier au soir je descendais pas
à pas du sommet de la montagne.
La nuit régnait sur l'univers ; je
n'entendais que le chant des jeunes
villageoises, je ne voyais que les
feux des bergers. Les étoiles scin-
tillaient à la voûte céleste, et tan-

dis que je saluais tour-à-tour chaque constellation, mon ame res-
sentait, je ne sais quoi de divin,
mon cœur semblait quitter la terre
et s'élever vers une région plus
sublime. J'étais parvenu sur la colline auprès de l'église ; la cloche
des morts retentissait dans les airs ;
un sentiment d'humanité attira mes
regards sur le cimetière où les
anciens du village reposent tranquillement sous le gazon de leurs
tombeaux. — Dormez en paix,
m'écriai-je, ô froides reliques ! La
matière s'est réunie à la matière ;
rien ne se perd ici-bas, rien ne s'al-
tère sans fruit ; tout se transforme
et se renouvelle... Sort commun
de l'humanité ! celui qui ne te
crains pas est le moins à plaindre.
— Je m'étendis à terre sous le

petit bois de pins, et dans cette
obscurité silencieuse mon ame passait en revue tous mes malheurs
et toutes mes espérances. De quelque côté que je voulusse atteindre
à la félicité, après un voyage pé-
nible, rempli de tourmens et d'illusions, je voyais la fosse ouverte
au bout de la carrière, la fosse où
je devais enfin m'engloutir avec
tous les maux et les biens de cette
vie périssable. Je me sentis avili par
cette cruelle idée ; j'avais besoin
de consolation, je répandis des
larmes.... et le nom de Thérèse
sortit de ma bouche au milieu des
sanglots. — En ce moment je crus
entendre marcher sous les arbres.
Des voix confuses vinrent frapper
mon oreille, et l'instant d'après il
me sembla distinguer dans l'ombre

Thérèse et sa petite sœur. Effrayées à ma vue, elles prirent la fuite ; mais je les appelai, et la petite Isabelle m'ayant reconnu s'élança sur mes épaules en me donnant mille baisers. Je me levai, Thérèse prit mon bras, et nous nous promenâmes en silence sur les bords du ruisseau jusqu'au lac des Cinq-Fontaines. Là nous nous arrêtâmes en même tems pour contempler l'astre de Vénus qui brillait à nos regards. « Oh ! s'écria Thérèse, avec ce doux enthousiasme qui n'appartient qu'à elle, crois-tu que Pétrarque n'ait pas visité plus d'une fois cette solitude, en pleurant dans le silence de la nuit l'amie qu'il avait perdue ? Quand je lis ses vers, je me le représente ici.... mélancolique.... errant.... assis sur le tronc

d'un arbre, se nourrissant de ses
tristes pensées, et tournant vers le
ciel des yeux mouillés de larmes
pour y chercher l'ombre de sa
Laure. Je ne sais comment cette
ame toute céleste put survivre à
tant de douleur, et s'arrêter encore au milieu des misères de la
vie : oh! mon doux ami, quand
on s'aime bien véritablement!... »
— Elle serra ma main, et dans cet
instant délicieux, je sentis mon
cœur prêt à m'abandonner : « Créature angélique, m'écriai-je, le ciel
t'a formée pour moi, et moi... » Je
ne sais comment je pus étouffer ces
paroles qui vinrent expirer sur mes
lèvres.

Elle montait la colline et je la
suivais. Thérèse absorbait toutes
mes facultés ; mais un peu de calme

venait de succéder à la tempête.
— Tout est amour, disais-je ; l'univers entier est soumis à ses lois !
Et qui jamais à mieux éprouvé
son pouvoir, qui l'a jamais mieux
retracé que Pétrarque ? J'adore
comme autant de divinités ce petit
nombre de génies qui se sont élevés au-dessus des autres hommes ;
mais j'aime... Pétrarque, et tandis
que mon esprit le met au nombre
des Dieux, mon cœur l'invoque
comme un père, comme un consolateur. Un soupir fut la réponse
de Thérèse.

La rapidité du sentier l'avait fatiguée. « Reposons-nous, dit-elle ; »
l'herbe était humide, et je lui
montrai un mûrier à quelques pas
de nous : ce mûrier est le plus beau
que j'aie jamais vu ; gigantesque et

solitaire, il étend au loin ses branches touffues ; un chardonneret a
placé son nid sous cet épais feuillage. Enfin nous l'appelons notre
arbre favori. La petite Isabelle
nous avait quittés ; elle courait çà
et là, cueillant des fleurs, et jetant autour d'elle les vers luisans
épars sur la verdure. Thérèse se
reposa sur le mûrier ; assis près
d'elle, la tête appuyée sur le tronc
de l'arbre, je lui récitais les odes de
Sapho ; la lune venait de paraître...
Pourquoi tandis que je t'écris, mon
cœur bat-il avec tant de violence ?
Délicieuse soirée !

14 mai, à onze heures.

— Oui, Lorenzo ! je te le confie.
Ma bouche est encore humide d'un

baiser de Thérèse, et mes joues
ont été mouillées de ses larmes ;
elle m'aime enfin... elle m'aime !
— Laisse - moi, Lorenzo, laisse-
moi goûter sans trouble ce moment
d'un bonheur divin.

———

14 mai, dans la soirée.

COMBIEN de fois j'ai pris et re-
pris la plume sans pouvoir commencer. Je me sens un peu plus
calme, et je vais essayer de t'écrire.
— Thérèse était assise sous le mûrier... Je lui récitais les odes de
Sapho ;... mais comment pourrai-
je te décrire cet instant délicieux ?
Je suis aimé... Oui, je suis aimé. A
ce mot charmant je crus voir l'univers entier me sourire. Je regar-
dais le ciel avec des yeux pénétrés

de reconnaissance ; il me semblait
qu'il allait s'ouvrir pour nous recevoir tous les deux. Hélas ! la mort
nous oublie-t-elle jamais ? et pourtant je l'ai invoquée. Oui, j'ai pris
un baiser sur les lèvres de Thérèse ;
les fleurs et le feuillage exhalaient
en ce moment un céleste parfum ;
l'air frémissait d'une douce harmonie ; les ruisseaux lui répon-
daient par un léger murmure, et
tout s'embellissait aux rayons de
la lune, qui semblait réfléchir sur
la terre la lumière immense de la
Divinité. La nature entière parta-
geait la joie de deux cœurs enivrés
d'amour. —J'ai couvert de baisers
cette main charmante... Thérèse,
toute tremblante, me serrait dans
ses bras ; ses soupirs venaient expi-
pirer sur mes lèvres, son cœur pal-

pitait sur mon sein : elle m'embras-
sait en fixant sur moi ses grands
yeux pleins d'une douce langueur,
et ses lèvres humides, demi-closes,
murmuraient sur les miennes... —
Hélas ! pourquoi s'est-elle arrachée
de mes bras avec effroi ? Tout-à-
coup elle se lève, appelle sa petite
sœur, et court à sa rencontre. Je
m'étais prosterné devant elle, j'é-
tendais les mains pour saisir le
bord de sa robe... mais je n'osai
ni l'appeler ni lui faire entendre
ma voix suppliante... Sa vertu m'a-
vait frappé d'épouvante, et Thérèse
me paraissait un objet sacré. Je
m'approchai d'elle en tremblant.
« Je ne puis jamais être à vous,
me dit-elle!...« Ces mots semblaient
sortir du fond de son cœur, et elle
jeta en même tems sur moi un re-

gard dans lequel je crus lire tout
à-la-fois le reproche et la pitié. Je
continuai de marcher à ses côtés ;
mais elle ne me regarda plus, et je
n'eus pas le courage de lui adresser
une seule parole. Arrivée à la
porte du jardin, elle me prit la
main de la petite Isabelle : « Adieu,
dit-elle, en me quittant. » Puis après
avoir fait quelques pas, elle se retourna, et me dit encore : Adieu.

Je restai comme en extase ; j'aurais baisé la trace de ses pas. Pendant qu'elle s'éloignait la lune frap-
pait de ses rayons un bras plus
blanc que la neige et une chevelure d'ébène que l'air agitait mollement. Bientôt je n'aperçus que
ses vêtemens légers dont la blan-
cheur se détachait encore sur l'ombre épaisse du feuillage ; et lors-

qu'enfin je ne la voyais déjà plus,
je prêtais encore une oreille attentive dans l'espoir d'entendre le
doux son de sa voix.

Avant de m'éloigner, je me retournai, les bras étendus vers l'astre de Vénus, comme pour lui demander des consolations ; mais lui-
même avait aussi disparu.

———

15 mai.

Depuis ce baiser il me semble
que j'ai contracté quelque chose
de supérieur à l'humanité. Mes
idées sont plus sublimes et plus
riantes, ma figure est plus gaie,
mon cœur s'ouvre plus facilement
à la pitié ; il me semble que tout
s'embellit à mes yeux. Le gazouil-

lement des oiseaux et le murmure
du zéphir sous le feuillage sont aujourd'hui plus doux que jamais.
Sous mes pas les arbres se couvrent de fruits, les fleurs se revê-
tent de couleurs plus brillantes. Je
ne fuis plus les hommes, et toute
la nature est devenue mon domaine.
Mon esprit est pénétré du sentiment divin de la perfection de l'harmonie. Si j'avais à sculpter ou à
peindre la beauté même, dédai-
gnant tous les modèles terrestres,
j'en trouverais le type dans ma seule
imagination. Amour! tous les beaux
arts sont tes enfans. C'est toi qui
le premier as conduit sur la terre
la céleste poésie, seul aliment de
ces ames généreuses qui, du fond
de la solitude, envoient jusqu'aux
générations les plus reculées leurs

chants sublimes marqués du sceau
de la divinité. C'est toi qui ral-
lumes dans nos cœurs la seule
vertu, véritable, la seule utile
aux mortels, la pitié qui fait quelquefois errer le sourire sur les lèvres du malheureux condamné à
la douleur. C'est par toi seule enfin
que renaît sans cesse le plaisir,
source de l'existence, sans lequel
le monde entier retomberait dans
les abîmes de la mort et du chaos.
Si tu quittais la terre, elle devien-
drait infertile, les animaux se li-
vreraient une guerre cruelle, le
soleil lui-même ne darderait plus
que des feux malfaisans, l'univers
enfin serait désespoir, terreur et
destruction. Aujourd'hui qu'un de
tes rayons a pénétré dans mon ame,
j'oublie mes infortunes, je me ris

des menaces du destin, et je renonce aux illusions de l'avenir...
— O Lorenzo! souvent couché sur les bords du lac des Cinq-Fontaines, je sens mon visage et mes cheveux carassés par les zéphirs, dont le souffle léger frise le gazon, rafraîchit les fleurs et ride les eaux limpides du lac. Le croirais-tu ? Dans mon délire enchanteur, je vois danser devant moi les nymphes sans voiles, parées seulement de guirlandes de roses, et j'invoque avec elles les Muses et l'Amour ; du sein des ruisseaux qui roulent en bouillonnant avec un doux murmure, je vois sortir à demi les Nayades aimables, protectrices de ces fontaines ; un tendre sourire animé leurs regards, et leur chevelure humide retombe en désordre sur

leurs épaules d'albâtre. *Illusions!*
s'écrie le philosophe ; et tout n'est-
il pas illusion ? Tout, sans doute.
Heureux les anciens qui se croyaient
dignes des baisers des immortelles,
qui sacrifiaient à la beauté, aux
grâces, qui couvraient les imper-
fections de l'homme par l'éclat de
la Divinité, et qui trouvaient le
beau et le *vrai* dans les caresses
des idoles qu'avait enfantées leur
imagination : Illusions, direz-vous
encore ; mais sans elles, je ne sen-
tirais la vie que par la douleur, ou
ce qui est plus affreux encore, par
une froide et stupide indolence ; et
si par hasard ce cœur devenait insensible, je l'arracherais de mes
propres mains, et le jeterais loin
de moi comme un serviteur in-
fidèle.

21 mai.

HÉLAS! quelles nuits longues et douloureuses! — La crainte de ne plus la revoir me réveille en sursaut : dévoré par un sentiment profond, ardent, furieux, je m'élance de mon lit vers le balcon de ma fenêtre, et je n'accorde aucun repos à mes membres nus et transis, que je n'aie vu le premier rayon du jour éclairer l'Orient. Je cours en palpitant auprès d'elle, et là, comme un insensé, la parole expire sur mes lèvres, des soupirs étouffés sortent de ma poitrine ; je n'entends rien, je ne puis rien concevoir. Le tems fuit, et la nuit m'arrache enfin de ce séjour céleste. —O jour! tu dissipes les ténèbres, tu brilles, tu disparais, et l'obscu-

rité n'en devient que plus épaisse
et plus effrayante....

25 mai.

DIEU éternel! je te rends grâces.
Tu as donc retiré ton esprit, et
Laurette a laissé ses infortunes sur
la terre. Tu entends les gémissemens qui partent du fond du cœur,
et tu envoies la mort pour délivrer des chaînes de la vie tes créatures que poursuit la douleur. Chère
amie! mes larmes coulent au moins
sur ta tombe, c'est le seul tribut
que je puisse t'offrir. Qu'un peu de
gazon croisse sur la terre qui te
sert de sépulture. Pendant ta vie,
tu attendais de moi quelques consolations! et je n'ai pu même te rendre

les derniers devoirs ; mais nous nous reverrons, un jour nous nous reverrons encore !

Quand je me rappelais cette pauvre fille, cher Lorenzo, certain pressentiment criait au fond de mon cœur : Elle a cessé de vivre ! et cependant si tu ne me l'avais pas mandé, j'aurais été long-tems sans l'apprendre ; daigne-t-on s'occuper de la vertu quand elle est tombée dans l'indigence ? Plus d'une fois j'ai pris la résolution de lui écrire ; mais la plume échappait de mes mains, et le papier était inondé de mes larmes ; je craignais qu'elle ne me racontât ses douleurs, et n'ébranlât une corde de mon cœur dont la vibration eût été bien longue et bien douloureuse. Hélas ! nous redoutons les plaintes de

nos amis ; leurs maux nous sont à
charge , et lorsque nous ne pou-
vons donner des secours réels ,
notre orgueil dédaigne d'offrir de
simples consolations, si chères aux
infortunés. Peut-être m'a-t-elle
rangé parmi cette multitude, qui
dans l'ivresse de la prospérité re-
pousse le malheur ; mais le ciel a
lu dans mon cœur!... Cependant
Dieu n'a pas voulu qu'elle souffrît
davantage : *Il modère le souffle
des vents en faveur de l'agneau
nouvellement dépouillé de sa laine,*
et... dépouillé jusqu'au vif.

Je reviendrai tout-à-l'heure à
toi, Lorenzo ; mais il faut que je
sorte : mon cœur se gonfle et gémit, ma poitrine est oppressée. Il
me semble que je respirerai plus
librement sur la cime d'une mon-

tagne. Ici... dans cette chambre...
je suis comme dans un sépulchre.

J'ai gravi la plus haute montagne ; les vents étaient en fureur ;
je voyais sous mes pieds les chênes
balancer leurs cimes ; la forêt frémissait comme une mer orageuse ;
et les échos de la vallée renvoyaient
ses mugissemens. Les nuages s'a-
moncelaient sur les sommités de la
montagne... — Mon ame, étonnée,
étourdie par le spectacle de cette
nature imposante et terrible, a
perdu le souvenir de ses maux,
et s'est retrouvée au bout de quelques momens en paix avec elle-
même.

Je voudrais t'apprendre des
choses bien importantes ; mon esprit en est pénétré ; elles fixent
toutes mes pensées!... elles se préci-

pitent sur mon cœur, s'y pressent, s'y confondent : je ne sais plus par laquelle je dois commencer ; puis tout-à-coup elles disparaissent, et je ne reviens à moi que par un déluge de pleurs.

Je cours comme un insensé sans but et sans intention, et sans m'en apercevoir je marche au travers des précipices ; je domine les vallées et les campagnes. Nature inépuisable et magnifique ! mes pensées et mes regards se perdent dans l'immensité de l'horizon. — Je gravis, puis tout-à-coup je m'arrête, debout, hors d'haleine ; je regarde à mes pieds... Grand Dieu ! c'est un abîme effroyable ! je détourne les yeux avec horreur, et je descends rapidement au pied de la colline dans l'endroit où la vallée est

plus sombre et plus fraîche. Un massif de jeunes chênes me protège
contre l'ardeur du soleil et contre
le souffle des vents. Près de là deux
ruisseaux font entendre un doux
murmure ; le ramier roucoule ; et
un rossignol... — Un pasteur allait
lui ravir ses petits ; j'ai gourmandé
le barbare ; quelques pièces de
monnaie devaient être le prix de la
désolation, des cris, de la mort de
ces faibles créatures ; ainsi va le
monde ! mais j'ai dédommagé le
berger du gain qu'il espérait tirer
de sa capture, et il m'a promis de
ne plus troubler le bonheur de
cette innocente famille. — Là je
me repose : Qu'es-tu devenu tems
heureux d'autrefois ! ma raison est
malade ; elle n'a plus de tranquillité que dans le sommeil, et com-

bien elle serait à plaindre si elle
sentait toute sa faiblesse. Je suis
presque...—Oh! pauvre Laurette!
n'entends-je pas ta voix...

Tout, tout ce qui existe pour
les hommes n'est enfanté que par
leur imagination. Cher ami! au
milieu des rochers la mort m'était
horrible ; et à l'ombre de ce bo-
cage j'aurais volontiers fermé mes
yeux pour ne les rouvrir jamais.
Nous créons la réalité à notre fantaisie ; nos désirs se multiplient
avec nos idées ; nous nous tour-
mentons pour un objet qui nous
déplaît sous une autre apparence , et nos passions ne sont
au bout du compte que des effets
de nos illusions. Quand je par-
cours ces lieux, ils rappèlent à mon
cœur le doux songe de mon en-

fance. Oh ! comme je m'égarais
avec toi dans ces campagnes, grim-
pant tour-à-tour sur ces arbres
fruitiers ; le passé s'effaçait de ma
mémoire , le présent seul absorbait toutes mes facultés ; je jouis-
sais des choses que mon imagination se plaisait à agrandir , et qui
dans une heure ne devaient plus
exister : toutes mes espérances
n'allaient pas au-delà des jeux de
la fête prochaine. Mais ce doux
songe est évanoui! et qui m'assure
qu'en cet instant même je ne rêve
pas encore ? toi seul , ô Dieu qui
m'as créé , toi seul tu sais que je
fais un rêve épouvantable ; tu sais
qu'il ne me reste plus que le dé--
sespoir et la mort!

Voilà comme je suis la proie des
songes! Je change à chaque instant

de désirs et de pensées, plus la
nature est brillante, plus je soupire
après les ombres de la nuit : et
vraiment il semble qu'aujourd'hui
le ciel m'ait exaucé. Le printems
passé, j'étais heureux ; j'étais tranquille quand le sommeil régnait
sur la nature.... mais aujourd'hui !

Cependant, l'espoir d'être re-
gretté me console. A l'aurore de
la vie, les passions et l'infortune
trancheront peut-être le fil de mes
jours, mais tes larmes, mais les
pleurs de cette fille céleste coule-
ront sur ma tombe. Et qui peut
jamais vouer à un éternel oubli
cette existence si chère et si pé-
nible ? Qui peut jamais contempler
pour la dernière fois les rayons du
soleil, dire à la nature un éternel
adieu, abandonner ses amis, ses

espérances, ses chimères, ses douleurs même sans tourner la tête
en arrière, sans jeter un dernier
regard, sans former un vœu, sans
pousser un soupir? Les personnes
qui nous sont chères et qui nous
survivent sont une partie de nous-
mêmes. Nos yeux prêts à se fermer
pour jamais, demandent le tribut
d'une larme; notre cœur veut que
des bras chéris soutiennent ce corps
bientôt inanimé : il demande le sein
d'un ami pour exhaler le dernier
souffle. La nature gémit jusqu'au
tombeau, et son gémissement se
fait entendre au milieu du silence
et de l'obscurité de la mort.

Je m'approche du balcon à
l'heure où la divine lumière du
soleil va s'éteindre, où les ténèbres ravissent à l'univers ces rayons

languissans , qui effleurent encore
l'horizon ; et dans l'obscurité du
monde , je contemple l'image de la
destruction à laquelle rien ne peut
échapper. Je tourne ensuite les
yeux sur ce massif de pins , plantés
par mon excellent père auprès de
l'église , et crois voir reluire à travers les feuilles agitées par les vents,
la pierre qui doit recevoir ma sépulture. Je t'y vois venir avec ma
mère ; je l'entends invoquer la
paix pour les mânes de son malheureux fils. Alors je me dis à moi-
même : Peut-être Thérèse viendra-
t-elle seule et sur le soir me dire
un nouvel adieu , et nourrir sa mélancolie de mon souvenir. Non! la
mort n'est pas douloureuse. Et si
quelqu'un porte la main sur ma
tombe , s'il veut troubler mes

cendres pour tirer de la nuit qui
les couvre mes passions brûlantes,
mes opinions, mes crimes.... peut-
être, ne cherche pas à me défendre
ô Lorenzo ! et dis seulement : *Il
fut malheureux.*

———

26 mai.

IL revient, Lorenzo... il revient.
—Il écrit de la Toscane où il doit
s'arrêter une vingtaine de jours,
et sa lettre est datée du 18 mai.
Ainsi donc dans quinze jours au
plus tard....

———

27 mai.

EST-IL vrai que cet ange du ciel
existe ici dans ce bas monde, au
milieu de nous ? Plus j'y pense et

plus je crains de m'être enflammé pour une chimère.

Et qui aurait balancé à l'aimer, même sans espoir? où est l'homme si heureux qu'il puisse être avec lequel je consentisse à changer ma déplorable situation?.... Mais d'un autre côté, comment puis-je être assez ennemi de moi-même pour me tourmenter, le ciel en est témoin, sans aucune espérance? Peut-être l'orgueil de sa beauté et le spectacle des maux que je souffre... peut-être elle ne m'aime pas, et sa pitié cache une perfidie. Mais ce baiser céleste que je sens toujours sur mes lèvres, et qui bouleverse toute mes pensées!.... Hélas! depuis ce moment elle me fuit, elle n'ose plus me regarder en face. Serais-je un séducteur?—Et lorsqŭe j'entends retentir au fond de mon âme ces terribles paroles : *Je ne puis jamais être à vous :* je me livre à mille emportèmens furieux, je médite des crimes.... — Ce n'est pas toi, fille céleste ! moi seul j'ai essayé la trahison, moi seul je l'aurais consommée.

Encore un de tes baisers, et livre-moi à mes songes, à mon délire enchanteur. Je veux mourir à tes pieds, mais je veux mourir entièrement à toi. Si tu ne peux être mon épouse, tu m'accompagneras du-moins dans le tombeau. Non, juste ciel, que la peine de cet amour fatal retombe toute entière sur ma tête ! que mon éternité soit condamnée aux larmes ; mais que le ciel, ô Thérèse, ne te rende pas malheureuse à cause de moi ! —

Cependant je t'ai perdue, et tu m'échappes toi-même. Ah! si tu m'avais aimé comme je t'aime!....

Cependant, Lorenzo, livré à des doutes si cruels, dévoré par d'aussi affreux tourmens, chaque fois que je prends conseil de ma raison, elle m'encourage, en me disant : *Tu n'es pas immortel.* Courage donc, souffrons, et souffrons jusqu'à la fin. — Je sortirai, oui je sortirai de l'enfer de la vie; et je n'ai besoin que de moi seul : à cette idée je brave la fortune, les hommes, et la toute puissance de Dieu même.

28 mai.

Je me représente souvent le bouleversement du monde; le ciel, le

soleil, l'Océan, tous les astres en-
flammés et anéantis ; mais si même
au milieu de ces vastes ruines, je
pouvais encore une fois.... encore
une seule fois serrer Thérèse dans
mes bras, j'invoquerais moi-même
la destruction de l'univers.

———

29 mai, à l'aurore.

O CHIMÈRE! pourquoi lorsque
dans mes songes mon ame jouit
d'un bonheur céleste, lorsque Thérèse est à mes côtés, que je respire
la volupté sur sa bouche.... pourquoi trouvé-je ensuite au fond de
mon cœur un secret désir du tombeau? Pourquoi ces momens en-
chanteurs se sont-ils présentés à
mon imagination, s'ils devaient ne

se réaliser jamais? — Cette nuit je cherchais près de moi cette main qui m'a repoussé, il me semblait entendre au loin les gémissemens de Thérèse; mais la couverture mouillée de larmes, mes cheveux trempés de sueur, ma poitrine oppressée, la profonde et muette obscurité... tout me criait : *Malheureux tu es en délire.* Effrayé, languissant,, je me suis jeté sur mon lit, serrant mon oreiller dans mes bras, et cherchant à me tourmenter encore par de nouvelles chimères.

Si tu me voyais épuisé, sombre, taciturne, errer du haut en bas sur les montagnes, chercher Thérèse et craindre de la rencontrer : souvent je murmure à haute voix, je l'appelle, je lui adresse mes prières,

et je réponds seul à mes cris. Brûlé
par l'ardeur du soleil, je me pré-
cipite sous un buisson pour m'en-
dormir ou me livrer à mes rêve-
ries. — Quelquefois je crois la voir,
je crois la serrèr sur mon sein,
cueillir un baiser sur ses lèvres....
Bientôt tout s'évanouit, et mes
yeux hagards n'ont plus devant eux
que d'affreux précipices. — Cet
état doit finir, il ne peut durer.

Il le faut donc; mais où fuir?
Crois-moi, je suis malade; il me
reste à peine assez de force pour
me traîner jusqu'à la villa T***,
pour aller puiser quelque soulagement dans ces yeux divins, pour
aller m'enivrer, peut-être pour la
dernière fois à la source de la vie!
mais pourrais-je autrement résister
aux tourmens de cet enfer?

Aujourd'hui j'ai pris congé d'elle à l'heure du dîner. Je suis sorti, mais il m'a été impossible de m'éloigner du jardin ; et le croiras-tu pourtant ?... Sa vue m'embarrasse. Un instant après elle descendit avec sa petite sœur, je voulus me cacher sous une treille et m'échapper ; mais Isabelle me cria : « Mon bon ami, mon bon ami, ne nous avez-vous donc pas vues ? » Frappé comme d'un coup de foudre, je me suis précipité sur un banc ; la petite s'est tendue à mon cou ; en me caressant, et m'a dit à l'oreille : « Pourquoi pleure-tu » ? Je ne sais si Thérèse m'avait regardé, elle s'enfonça dans un bosquet. Une demi-heure après elle revint appeler sa petite sœur qui était encore sur mes genoux ; ses yeux étaient rouges, elle venait de pleurer ; elle ne m'adressa pas une parole, mais elle me perça jusqu'au cœur avec un regard qui semblait me dire : *Tu m'as aussi rendue malheureuse.*

———

2 juin.

HÉLAS ! je ne croyais pas renfermer dans mon sein cette fureur qui me consume, qui m'anéantit sans pouvoir me donner la mort. Qu'est devenue la nature ? Que sont devenus tous ses charmes ? Où est maintenant cet enchaînement pistoresque des collines que j'admirais de la plaine, et qui ravissait mon imagination jusque dans les régions du ciel ? Je ne vois partout que rochers dépouillés, que précipices. L'ombre hospitalière qui garnit le pied des montagnes est sans attrait pour moi ; autrefois je m'y promenais, délicieusement bercé par les méditations trompeuses de notre faible philosophie : Pourquoi nous fait-elle connaître des infirmités qu'il n'est pas en son pouvoir de guérir ? — Aujourd'hui j'entendais gémir la forêt sous les coups des bûcherons ; ils déracinaient des chênes de deux cents ans... Tout périt ici-bas.

Ces plantes qu'autrefois je craignais de blesser, je les foule aux pieds, je les arrache, et les vents les emportent au milieu des tourbillons de poussière : que l'univers entiers gémisse avec moi !

Je suis sorti long-tems avant le

lever du soleil ; je courais au travers des sillons, espérant trouver dans la fatigue du corps quelque repos pour cette ame orageuse. Mon front était couvert de sueur, ma poitrine oppressée respirait avec peine ; le vent de la nuit agitait mes cheveux et glaçait la sueur qui coulait sur mes joues. Depuis ce moment je sens dans mes veines un froid aigu : mes mains sont tremblantes, mes yeux semblent errer au milieu des nuages de la mort.

Au moins son image qui s'attache à tous mes pas cessera de me poursuivre. Son image, ô Lorenzo ! qui jette au fond de mon cœur la terreur, le désespoir, la rage..... Alors je veux l'enlever, l'entraîner

avec moi au sein des déserts, loin
du pouvoir des hommes. — Ah !
malheureux !... je frappe mon front,
je blasphème... Je partirai, oh !
oui, je partirai.

FIN DU PREMIER VOLUME.